詩詞金句 今譯時析

撰述 周偉馳

U0164296

目錄

編者語

第一章 明哲學理

目錄

第二章 勵志氣向

第三章 潛修身行

目錄

第四章 偉人才生

目錄

第五章 結社交會

第六章 愛國是魂

第七章 英豪邁情

第八章 關愛情戀

目錄

第九章 別離恨愁

目錄

第十章 鄉親情人

第十一章 情景色致

第十二章 博學 學 習 問

第十三章 修辭 辭 藻 賦

不學詩，無以言

同樣的一個意思，用不同的語言來表達會獲得完全不同的效果。有一個廣泛流傳的視頻，講的是一個盲人在鬧市乞討，他請人在身旁的牌子上寫道：「我眼睛瞎了，請幫幫我！」行人匆匆忙忙，不願意停留。後來，來了一個女士，她把牌子上的字改寫成：「多麼美好的一天，可是我甚麼也看不見。」行人路過時，會多看一眼，紛紛給他留下零錢。這位女士改變語言從而改變其他人對這個盲人的態度。一位將軍連打敗仗，但因措辭得當，避免被撤職甚至砍頭的危險；在寫給皇帝的奏章中，他把「屢戰屢敗」改成了「屢敗屢戰」，反而獲得了皇帝的嘉獎。在當代這樣的例子也有很多。往往，國家領袖的一句話，會引起軒然大波，財長或首富的一個字，會引起股市或樓市的暴漲暴跌。我們在日常生活中，在跟老師、同學、家長、朋友的交往中，也會體會到語言的微妙魔力，常常一句話說得美妙，會帶來美好的友誼，一句話說得拙劣，會把關係弄得一團糟。

先聖孔子說：「不學詩，無以言。」意思是說不懂詩詞，胸無點墨，可能連話都不會說，不會應對，更遑論語言的文采和藝術了！所以他又說：「詩可以興，可以觀，可以群，可以怨。」可見，學習詩詞可以引發情感，導向高尚情志，提高觀察力，了解天地萬物與社會萬象，鍛煉合群性，學得抒發不滿的方法。人們常說「腹有詩書氣自華」，說的就是那些懂詩詞的人，或溫文爾雅，或豪情滿懷，給人很有氣質的感覺。所以自古以來，中國人就喜歡詩，也重視詩的教化。

中國古代詩詞，是漢語這門語言的精華，詩詞中的佳句，是皇冠上的明珠。有些詩句流傳了兩千多年，「年輕點」的也有一兩百年，

都經過了歲月的考驗，詩人當初用凝煉的句子表達了他微妙的體驗，後人在相似的人生場景中體會到了這種經驗，一代代口耳相傳，以致於成了一種民族「無意識」或「共意識」。情侶熱戀，片刻不能分離，否則　「一日不見，如隔三秋」；老友久別，難得相逢，「人生不相見，動如參與商」；雖到處漂泊，但價值觀穩定，心有所屬後，「此心安處是吾鄉」；縱使落魄，但相信「天生我材必有用」，不會永遠「冠蓋滿京華，斯人獨憔悴」……即使是外出旅遊，見到美麗的湖光山色，也會想起蘇東坡的名句「欲把西湖比西子，淡妝濃抹總相宜」；秋天見到樹葉掉落，也會想起杜甫的名句「無邊落木蕭蕭下，不盡長江滾滾來」。世間最美好的句子，都是由詩人替我們道出，這是語言的發現，也是語言的發明。他們意識到了我們感覺到了但辨別不出來的，他們道出了我們辨別出了但表達不了的，在相似的人生情景中，在相似的歷史遭遇中，在相似的山川景物中，詩人的佳句是先行者，形塑了我們的語言和感受，也對後人提出了挑戰，要以更美麗更有力的語言，來辨析和表達出當代的經驗和感悟。

今天的青少年讀者，已進入了推特和微信的時代，語言中出現了許多新的用詞和句法，也有了許多新的語言「現象」。但是，經典的詩詞金句永遠存在，因為雖然世界上的物質發明在變，但是人類基本的感受、感情、經驗不會變，我們的喜怒哀樂，愛恨離愁，仍然跟古人一樣，從這個角度來說，古今一如，詩句凌駕於時空之上。在我們的談話、作文、論文、推特、微信和臉書中，仍然可以用兩千年前古人的雋永的句子，來表達微妙而深刻的情感，並足以感動人心，從這個角度來說，古人和我們是同時代人。甚至，由於今天物質的優越，交通的方便，溝通的容易，我們對於「離別」的體會，可能不如古人銘心，對於「友誼」的渴望，可能也不如古人的淳厚，對於「親情」

的思憶，可能亦不如古人的深湛，但是，我們仍然存在着對於「離別」的哀傷，對於「友誼」的渴望，對於「親情」的重視，而這正是使古人與我們屬於同一類人，使古人可以陶化和淳化我們的原因。詩詞引起共情和共鳴，可以做我們的師，也可以做我們的友。

為了幫助青年朋友在平時的寫作中增添文采，出口成章，畫龍點睛，我們繼《古文金句今譯時析》之後，又編了這本《詩詞金句今譯時析》。我們選了一百五十四個句子，對每個句子都作了解析，在編排上，跟《古文金句今譯時析》一樣，也做到了如下幾點：

一、全書設十三個主題，每個主題都以一個漢字帶出，再以該字分別組三個詞展開。以第一章的「哲」為例，引出的是「明哲」、「哲學」、「哲理」等意思。詩詞中最廣為流傳的是一些帶有哲理的句子，對人生有啟迪的作用，從人生的高處和大處着眼，做大格局和胸襟，因此我們將之排在前面。接着是充滿正能量的勵志修身、家國情懷，再接着就是千古流傳的親情愛情佳句，以至最後的遣詞用字的修辭學習等等。

二、每個主題下設「字釋」、「今譯」、「故事」、「時析」、「例句」等項（個別或有省略某項）。本書特色之一是，給每一個句子都配了故事，並且對其含義進行了仔細的思考，並對其運用做了示例。故事或是出自詩詞或詩人自身的典故，或是歷史上發生過的事跡，亦有今天社會上的新聞，都能夠說明或呈現詩詞所說的意思，在某個意義上，詩詞是「預言」，預示了許多故事，這是因為詩詞表達了人類共同的情感體驗和哲學領悟，因此具有普適性。故事中的一些事例發生在中國內地，讀者可以從而多了解一些國情。「時析」方

面,我們如理地贊同或反駁詩句所表達的道理,以及說明其限度何在。「例句」中我們儘量用活潑愉快的語言「造句」,使大家活學活用之餘,可以輕鬆一下。

我們所選的詩句,都是千百年來流傳的金句中的金句,曾經反復地出現於「唐詩三百首」、「中國最美的詩句」、「中國詩詞精華」一類選本中。有關詩詞金句的典故廣泛流傳,已成公共知識,本書有所引用,有一些無法查到原初出處,故無法一一列明,亦望讀者海涵。

第一章

哲
明　　學
理

不識廬山真面目，只緣身在此山中。————

宋·蘇軾《題西林壁》

【今譯】看不清廬山的真實面目，只因為我身處在廬山之中。

【故事】2016 年的美國總統選舉，令世界眼花繚亂，最後希拉莉和特朗普對壘，特朗普以選民票數少但選舉人票數多的優勢勝出，成為新一屆美國總統。由於特朗普是個商人，沒有任何從政經驗，而且他的一系列主張跟「政治正確」完全相反，因此不管是許多美國人，還是其他國家的人，都陷入了困惑之中，不知道為甚麼他能贏得這場選舉，眾說紛紜，對於美國當前的實際情況和未來的走勢，可說是「不識廬山真面目，只緣身在此山中」，特朗普對美國是福是禍，恐怕還要在一段時間之後，看其政策效果才能判斷。

【時析】任何個人、團體的認知都是有局限性的，在他們的活動中，由於立場、利益、情感、成見的影響，會經常做出錯誤的決策和行動，導致無法預料的後果。就如下棋一樣，常常會發生「當局者迷，旁觀者清」的現象。旁觀者由於不是對弈者之一，沒有利害關係，因此能保持清醒的頭腦，比較超脫、客觀、中立地看問題。當局者如果能超脫一點地反思自己的行為，也許可以減少犯錯誤的機會。如電話詐騙、網絡詐騙，在被人利誘時，要小心「天下沒有白吃的午餐」，首先消除自己貪小利的心理，這樣才能從一開始就防止被誘入「騙局」的可能。

【例句】近些年，中美關係時陰時晴，捉摸不透，給人「不識廬山真面目，只緣身在此山中」之感。

不畏浮雲遮望眼，只緣身在最高層。————
宋·王安石《登飛來峰》

【今譯】不怕浮雲遮住我的視線，只因為如今我身在最高層。

【故事】2017 年 4 月，中國國家主席習近平訪美，與美國總統特朗普會談，習近平說，中美有一千個理由搞好關係，沒有一個理由搞不好關係，中美合則兩贏，鬥則雙輸。中美已有四十五年的合作，習近平希望他和特朗普能確定今後四十五年中美合作的基調。這和中國國內一些「反美派」的高調比起來，真是高瞻遠矚，不可以道里計。

　　1972 年，中美決定建交。美國總統尼克遜訪華時與毛澤東對談，國務卿基辛格在一旁陪同。基辛格此前秘密訪華時，看到到處都有「打倒美帝國主義」的標語口號，很不愉快，曾經向中方有關部門表示過不滿。他怎麼也想不到，這次，毛澤東竟然提起此事，並且笑着說：「我認為，一般地說來，像我這樣的人放了許多空炮，比如，全世界人民團結起來，打倒帝國主義、修正主義和一切反動派，建立社會主義。」基辛格認為，毛澤東實際上是在暗示，不要認真看待中國的牆上到處都寫着的、喊了幾十年的口號，「中國領導人在和我們打交道時已經超越了意識形態。他們實際上是同我們訂了一個無形的互不侵犯條約，從而解除了一個方面的敵情」。當時中國的老百姓還在被各種各樣的政治口號所左右，既反「蘇修」又反「美帝」，而他們的最高領導人毛澤東早已從大局出發，作出了外交戰略轉向，跟「美帝」握手言和了。這就是最高層的視野和普通人的差異。

【時析】由於位置和所獲資訊的不同，任何單位（機構、公司、國家）上層在考慮問題時，要顧及總體的利益和需要、現有的資源和狀態，作出最有利的決策。這些考慮普通成員是不一定能夠產生的。比如，當年美國要從俄國購買阿拉斯加，就遭到國民的反對，人們難以看到它帶來的長遠利益。當然，這不是禁止平民表達意見，這只是說各在其位，所見所想，境界會有所不同，利益有大小而已，在上者應該以長遠利益來說服在下者。

【例句】國際形勢如風雲般變幻無常，管理國家就好像在叢林中穿越一樣，必須登高望遠，才能正確把握方向走向成功，正所謂：「不畏浮雲遮望眼，只緣身在最高層」。

問渠哪得清如許，為有源頭活水來。
宋・朱熹《觀書有感》

【字釋】渠：它（指方塘）。哪得：怎麼會。清如許：這樣清澈。

【今譯】要問為何那方池塘的水會這樣清澈呢？是因為有那永不枯竭的源頭為它源源不斷地輸送活水啊。

【故事】梁啟超（1873-1929）文才敏捷，寫文章一揮而就，當天就能見報。他雖然才活了56歲，但著作豐富，無所不包，在近代可謂數一數二。他是怎麼做到這一點的呢？除了愛思索外，這跟他喜歡讀書有關。他讀書喜歡做筆記，加深記憶；他讀書都是主動的，帶着問題去

讀,效果極佳;他是在寫作中讀書,這就要求讀得精細,不是泛泛而讀;他治學嚴謹,對書中所言不輕信,要作出自己的判斷和考證。他讀書先從儒家經典讀起,積累多了,就由薄而厚,再由專而博,由博而通,成為「通人」。他從理財學到佛教、儒經,到日本文獻,都是無不涉獵。對於中國的學問,梁啟超強調「知行合一」,要在實踐中求知,在求知中踐行,學習的過程也就是一個成德的過程,構成良性循環。正是這種讀書與踐行的功夫,使梁啟超文思泉湧。

【時析】知識的源頭首先是實踐,但個人的實踐終究有限,因此要學習他人的經驗和知識,積累多了,視野就不一樣,無論想問題還是寫文章都會站得高看得遠,內容也豐富,如活水湧現,源源不絕。

源頭的清澈很重要,朱熹所說的「源頭」,可能是儒家所說的人的善良天性。源頭如果沒有堵塞,沒有在後天受到污染,我們的行為就會符合道德,保持清潔。

其實我們可將之推及其他領域,比如環保領域。現在大陸的空氣、水和土壤污染都比較嚴重,這時治理就一定要從源頭上治理,不能「治標不治本」。要有頂層設計,將空氣污染嚴重的企業關停,對廢水廢渣實行統一管制,對居民垃圾分類嚴格執行。

【例句】白居易創作了很多膾炙人口的名詩。問渠哪得清如許,為有源頭活水來,這是他深入社會,感受民間疾苦,了解百姓生活,並以高超的寫作技巧予以表現的結果。

明 **哲** 學
理

暗潮已到無人會，只有篙師識水痕。

宋·楊萬里《過沙頭》詩之二

【今譯】暗潮已經來到卻沒有人看到，只有篙師懂得識別水痕。

【故事】1997年，亞洲金融風暴危及全球，但卻使經濟學家克魯格曼（Paul R. Krugman，1953- ）的學術聲望達到巔峰。原來早在三年前，當人們都在讚揚亞洲經濟時，克魯格曼卻在《外交事務》上批評亞洲模式重數量擴張，輕技術創新，所謂的「亞洲奇跡」是「建立在浮沙之上，遲早會幻滅」。僅靠大投入而不進行技術創新和提高效率，容易形成泡沫經濟，遲早要進入大規模調整。在當時，他的批評猶如樂章中的不和諧音，尖銳刺耳。金融風暴印證了他的論斷，為他贏得了全世界的尊敬。2008年，他獲得了諾貝爾經濟學獎。

【時析】事物的演化都有規律，有些人對某些演化的規律有所諳悉，這樣的人今天我們一般稱為專家，他們能根據自己對規律的把握做出預言。在古代，一些人被稱作「先知」，人們認為他們是從神靈得到了啟示。在現代，準確的預言跟科學技術的積累和訓練是分不開的，資訊技術所提供的「大數據」更成為專家們的得力助手。雖然專家有時由於利益的原因，或者方法上的原因，而有錯誤的預言，但總體而言，現代分工如此細密，不可能「在知識面前人人平等」，普通人沒有時間精力去顧及每一領域的知識，有時憑常識很難處理自己遇到的問題（如健康、金融、電子技術），這時只能信賴專家，聽從他們的建議。至於專家，則也要接受同行和公眾的評價，其預言是否準確，也要接受實踐的檢驗，他們本身也有一個競爭和淘汰的機制。

【例句】資訊科技的迅速發展使人們傳統的生活方式悄然發生變化，「暗潮已到無人會，只有篙師識水痕」，敏銳的投資者審時度勢，抓住商機，開始發展電子商務，開創了 B2B、B2C、P2P、O2O 等交易模式。

山重水複疑無路，柳暗花明又一村。
宋‧陸游《遊山西村》

【今譯】山巒重疊水流曲折正擔心無路可走，柳綠花豔忽然眼前又出現一個山村。

【故事】第二次世界大戰結束後，引發瘧疾的瘧原蟲產生了抗藥性，科學家們開始尋找新藥。中國古籍收錄的有抗瘧作用的草藥達上萬種，屠呦呦查閱經典醫書，走訪老中醫，她和她的課題組篩選了 2000 餘個中草藥方，整理出了 640 種抗瘧藥方集。他們以鼠瘧原蟲為模型檢測了 200 多種中草藥方和 380 多個中草藥提取物，發現青蒿提取物對鼠瘧原蟲的抑制率可達 68%。但後續的實驗結果卻顯示，青蒿提取物對鼠瘧原蟲的抑制率只有 12%－40%，研究遇到了困難。「我們祖先早有用青蒿治療瘧疾的經驗，我們為甚麼就做不出來呢？」她翻閱古代文獻尋找答案。《肘後備急方》中的幾句話引起了她的注意:「青蒿一握，以水二升漬，絞取汁，盡服之。」意思就是，青蒿一把，用兩升水浸泡，攪碎過濾取汁液，全部喝下。屠呦呦意識到，常用煎熬和高溫提取的方法可能破壞了青蒿的有效成份。於是，她改用乙醚低溫去提取，終於如願以償地獲得了抗瘧效果更好的青蒿提取物。她於 2015 年成為首位獲得諾貝爾醫學獎的中國籍科學家。

【時析】人生不會總是一帆風順，有起有落才是正常狀態，對此青少年應該早作好心理準備，家長和教師也應該對他們進行適當的「挫折教育」，訓練頑強的意志。俗話說，「沒有過不去的坎」，只要熱愛生命，在親友、師長和同學的幫助下，學習成績可以提高，精神焦慮可以減除，孤獨感可以緩解。對於那些從小成績優秀，一路鮮花，又在良好家庭、優秀學校長大的孩子，尤應關注其精神狀態。其實，事業的成功要從終身來看，一時的考試分數不算甚麼。在心態上，確實要有「中等生心態」，不爭第一，當然也不爭倒數第一，給自己留一點閒暇，有自己的興趣愛好，對同學也不一味地從「競爭」角度相處，而是有「樂群」的態度，心情開朗，這樣的學生，最終才往往是人生的贏家。

【例句】著名卡通人物設計者迪士尼先生曾在車庫中工作，整天與老鼠為伴，多麼惡劣的生活環境，然而，山重水複疑無路，柳暗花明又一村，他與小老鼠建立了深厚的感情，最後以那隻老鼠為原型，創作了米老鼠，打拼出迪士尼。

沉舟側畔千帆過，病樹前頭萬木春。
唐·劉禹錫《酬樂天揚州初逢席上見贈》

【今譯】翻了的船隻旁仍有千千萬萬的帆船經過，枯了的樹木前也有萬千林木欣欣向榮。

明哲學理

【故事】賽班系統 Symbian 生於 1980 年代，因為其功耗低、記憶體佔用少等優勢迅速獲得手機廠商的青睞，支援塞班系統最著名的是諾基亞。可是好景不長，2007 年史提芬・喬布斯的 iPhone 誕生，以及谷歌的 Android（安卓）開始悄悄打開局面，至今風靡全球市場，而盛極一時的塞班逐漸成為過去式。這是因為塞班系統一成不變，新意少，固守自封，多年來很少更新系統，即使更新，界面也基本和原來一樣。跟後起之秀安卓、蘋果系統相比，可玩性和擴展性就低了。手機市場也是日新月異。曾幾何時，諾基亞是全球霸主，但在智慧型手機出現時，它依舊固我，終被蘋果手機淘汰。三星崛起，卻因電池起火事件大起大落。就中國國內的手機廠家來看，也是群雄並起，競爭劇烈，稍不留神就被用戶淘汰。只有那些真正投入資金提高科技含量和管理方法的企業，如華為，才能笑傲群雄，於暫時的三五年間，立於不敗之地。

【時析】現代企業競爭劇烈，高科技尤其如此，發展瞬息萬變，稍不留神，就容易成為明日黃花。想當年，柯達、雅虎都是行業老大，到今日已很少人記起了。再如百度和谷歌，兩家企業都是做搜尋引擎的，起點差不多，但谷歌在賺了錢後，開始向高科技進軍，拓展一系列具有前瞻性的科技產品，如無人駕駛、發射衛星建全球免費網絡、人工智能、機器翻譯，百度卻靠著搜索排名賺錢，為一些假醫院、不實廣告大開綠燈，甚至做起速食外賣，跟小公司爭飯碗，引起網民討伐。痛苦之下，這兩年才開始反省，也投資做一些高科技的事情。

【例句】網絡技術日新月異，機會多也易失，一不小心，就出現「沉舟側畔千帆過，病樹前頭萬木春」的局面。

落紅不是無情物，化作春泥更護花。
清·龔自珍《己亥雜詩》

【字釋】落紅：落花。

【今譯】落花並不是無情的，它化作春天的泥土，還能護更多的新花。

【故事】中國河南省潢川縣農民許學志生於 1972 年，在 18 歲時外出打工，一直未婚。2013 年秋，他在醫院查出患有重症肌無力症。在輾轉治病的兩年時間裏，他產生了捐獻器官的想法。2014 年初，他對母親及哥哥姐姐說：「我一生無兒無女，沒有牽掛，最後我想為社會做點貢獻，把我的眼角膜和腎臟捐給需要的人。」這個想法起初遭到了家人的反對，他就拒絕回家，在外流浪，最後親人們拗不過他，只好同意。這年 10 月，許學志跟潢川縣紅十字會簽署了《中國人體器官捐獻自願書》，在身故後無償捐獻雙腎和雙眼角膜器官。2015 年 10 月，黑龍江省哈爾濱市一位因腦幹出血導致腦死亡的男子生命垂危，其家人決定將其器官捐獻給他人。這位男子的心臟、肝臟、雙腎、雙眼角膜被分別移植到六位器官衰竭的患者身上，使他們獲得新生。

【時析】「落紅不是無情物，化作春泥更護花」，這兩句詩跟一般的「廢物利用」還不一樣，而是帶有感情的溫暖。廢物本來是無情的，但人這樣看，這樣用，就能變無情為有情，使一種行為變成一種精神。比如，我們可以將自己不用了的玩具、衣服、書籍，在清洗整理後，捐獻給貧困地區的孩子，使他們得益。

【例句】落紅不是無情物，化作春泥更護花，詩人海子雖然 25 歲就死

了，但他的詩篇仍留在人間，感染了一代代年輕人，也影響了不少的詩壇新秀。

人有悲歡離合，月有陰晴圓缺。
宋・蘇軾《水調歌頭》

【今譯】人有悲歡離合的變遷，月有陰晴圓缺的轉換。（這種事自古以來難以周全）

【故事】南北朝時，陳國人徐德言娶了陳後主的妹妹樂昌公主為妻，後來隋朝攻打陳國，戰亂不已。徐德言擔心國家滅亡，他夫妻二人不能相隨，就把一塊鏡子一分為二，兩人各執一半，約好在第二年正月十五號在京都（南京）市場上賣破鏡，希望能重逢。後來果然陳國被滅，樂昌公主被隋軍擄掠，送到了長安越國公楊素家裏，成了小妾。到了第二年正月，徐德言依約來到故都市場，見有一個老人家在賣半塊鏡子，就拿出自己的半塊來與之相合。徐德言跟老人家講了自己跟妻子的故事，並題詩一首說：「鏡與人俱去，鏡歸人不歸。無復嫦娥影，空留明月輝。」老人家回去把詩交給公主。公主看到詩，痛哭流涕，不吃飯。楊素追問她為甚麼哭，他聽了「破鏡重圓」的故事後也深受感動，就派人把徐德言找來，把公主交還給他。徐德言和公主回到江南，二人得以終老於故里。

【時析】「人有悲歡離合，月有陰晴圓缺」，是從整體上看人生和事物的發展，富含辯證的意味，這也是中國哲學一貫的境界和態度，人生得意時不要「得意忘形」，失落時也不要「一蹶不起」，要保持淡定、

鎮靜的心態，因為「禍兮福所倚，福兮禍所伏」，失落中說不定有轉機，得意時說不定有災禍，因此，要有「縱浪大化中，不喜亦不懼」（陶淵明）的精神，不因得失而一驚一乍。

【例句】明天就要去美國讀書了，這次要和女朋友長久的分開，常言道「人有悲歡離合，月有陰晴圓缺」，有些事情不能兩全其美，我今天終於體會到了。

近水樓台先得月，向陽花木易為春。
宋‧蘇麟《斷句》

【今譯】靠近水邊的樓台，能先看到月亮的投影；而迎着陽光的花木，最容易形成春天的景象。

【故事】范仲淹是宋朝政治家、文學家，他寫的《岳陽樓記》十分著名，「先天下之憂而憂，後天下之樂而樂」這一名句至今仍為人們所傳誦。范仲淹多次在朝廷擔任要職，也曾鎮守過地方。有一段時間，他鎮守杭州。任職期間對手下的人都有所推薦，不少人得到了提拔或晉升，大家對他都很滿意。有一個叫蘇麟的官員，因擔任巡檢，常常在外，一直沒有得到提拔。當他見到周圍的同事一個個都得到提拔，自己卻沒人理睬，心裏不是個滋味。他想，自己一定是被這位范大人遺忘了。怎麼辦呢？直接去找范大人要官跑官（國內用語，通過拉「關係」，走「後門」，處心積慮地謀取官職和權力的行為。）吧，他臉皮薄，做不出來。可不說吧，心裏又堵得慌。一天，他終於想出了一個委婉的辦法，那就是寫一首詩去向范大人「請教」，實際上是去提醒他：「大

人您千萬別忘了我啊！」范仲淹讀着蘇麟的詩，看到裏面「近水樓台先得月，向陽花木易為春」這兩句，會心地笑了。他想，蘇麟，你這兩句真是好呀，我懂你！很快，蘇麟就得到了提拔。

【時析】蘇麟這兩句詩揭示了一個普遍的現象，有一點「圈子」的意味，在今天仍然如此。比如在中國大陸做房地產，你得跟官員接近，從他們那裏得到很多資訊和機會。再如炒股或者投資，最好是接近消息靈通的人士。當然，這也容易產生腐敗。從另一角度看，接近一些事物或人物，會受到薰陶、影響。如做學術研究，跟著名師學習，就容易「站在巨人的肩膀上」，比較容易有成就。又比如饒宗頤先生，他父親是愛唸書的成功商人，家裏有很多藏書，從小就飽讀詩書，十幾歲就開始編方志。這是普通人家的孩子沒辦法比的。

【例句】著名國學大師饒宗頤出身書香門第，父親有藏書萬冊，他近水樓台先得月，從小就成了「書袋子」，博學多識。

抽刀斷水水更流，舉杯消愁愁更愁。————
唐·李白《宣州謝朓樓餞別校書叔雲》

【今譯】抽刀切斷水流，水波奔流更暢；舉杯想要消愁，愁思更加濃烈。

【故事】法捷耶夫（1901-1956）是蘇聯著名作家，他擔任過蘇聯作協總書記，崇拜史達林。史達林發動「大清洗」，許多作家慘遭迫害，人們往往歸咎於法捷耶夫，他不便解釋，獨自承受着重壓。史達林死後，法捷耶夫給蘇共中央寫了幾份報告，提出克服官僚主義體制的設

想。但中央不僅不肯接見他，反把他關進醫院進行「治療」。1953年作協開大會，法捷耶夫在開幕詞中提出要為一些作家恢復名譽，引起爭論，最後發言稿被否定，實權被奪走。1956年蘇共20次代表大會上，著名作家肖洛霍夫猛烈抨擊作協，說它已成官僚機構，法捷耶夫權慾薰心，獨斷專行。這對法捷耶夫精神打擊很大。他天天喝酒，成了一個醉醺醺的人，三個月後自殺。

【時析】從醫學角度說，無論酗酒還是吸毒都只是暫時麻醉自己，無法解決自己遇到的精神、感情和情緒問題，反而可能加重身心的負擔。當然，一個失戀中的人如果早已下定決心忘卻往事，以一通醉飲為決斷的標誌，放下精神擔子，那也不是壞事。所以並不是酒能解決問題，而是解決問題後才找到酒慶祝。

【例句】莎士比亞說過，「壓力是一柄雙刃劍」，確實，壓力常常存在，與其「抽刀斷水水更流，舉杯消愁愁更愁」，將壓力不斷地拖延和積累下去，不如化壓力為動力，直面問題，解決問題。

着意栽花花不發，無心插柳柳成蔭。——
元·關漢卿《包待制智斬魯齋郎》

【今譯】用心地去栽花，花卻總是不開；隨意地折一枝柳條插在地裏，卻成了一棵大柳樹。

【故事】中國大陸有錢人家的「二代」，有許多中學時就被父母送出

國留學，鬧出了許多新聞。2015年一夥在美國加州留學的中國中學生，因為凌辱兩位中國同學，而被美國警察逮捕。其中三名 19 歲的年輕學生，被美國法院判了「極刑」，坐監六至十三年不等。刑期結束後他們將被遣返中國。這幾個學生已在美國留學三四年，但英文都還不會說，因為他們遠離父母，無人管束，因此經常打電玩、吸煙、酗酒、濫交朋友，平時也總是在華人聚集區出沒，那裏懂中文就可以混一輩子，他們也總是跟中國孩子混在一起，因此英文是學得一塌糊塗。這三個學生入獄半年之後，由於監獄生存環境惡劣，而不得不學好英語，以便跟別的囚犯交流，維護自己的利益，結果在這種封閉環境下，他們的英語進步神速，學到的還都是「地道」的英語。這樣看起來，美國監獄還是一所不錯的語言大學呢！

【時析】人生的意外很多，常常脫離我們原先的規劃。但人生也不能全憑「偶然」、「機遇」作主，還是要有自己的主動性和規劃，否則會隨波逐流，過一天算一天，一輩子下來只能用「一事無成」來形容。即使遇到不利的事情和形勢，也要善於把握，看到塞翁失馬，焉知非福，化不利為有益。這樣，才能使自己終成一有用之人。凡成大器者，大多意志堅定，一生勤學苦練，精於一藝，有了立身之本，外界的變遷難以奪取才能，基本能立於不敗之地，再在此基礎上拓展別的事業，枝繁葉茂，惠及親友和社會。

【例句】中學老同學聚會上，他發現大家的人生都跟當初規劃的大相徑庭，研究科學的成了老闆，想當老闆的成了教師，想當作家的成了保安，可見有意栽花花不開，無心插柳柳成蔭。

天若有情天亦老。

唐·李賀《金銅仙人辭漢歌》

【今譯】如果老天爺有感情，也會因傷心而變老。

【故事】王洛賓被稱作中國「西部歌王」，他有一首歌叫《高高的白楊》，裏面有這樣的歌詞：「一座孤墳鋪滿丁香，墳中睡着一位美好的姑娘……我的鬍鬚鋪滿胸膛……」這首歌裏面有一個悲傷的愛情故事。1969 年王洛賓因遭政治迫害正在新疆一座監獄服刑。一天，監獄裏投進了一個年輕的維吾爾族犯人。據說他是在結婚前一天佈置新房時不慎打碎了一尊毛主席的石膏像，當即被扭送到革委會，以反革命罪而入獄。入獄後的青年情緒低落，然而更可怕的厄運降臨到青年的頭上。半年後，他的姑媽來探監時告訴他，他的未婚妻突然失蹤，後因憂傷而死。這對青年來說無疑是一個毀滅性的打擊，他捶胸頓足狂呼猛喊：「我對不起你呀，我對不起你呀！」為了表達對戀人的思念之情，他開始跟監獄作對，留起了鬍鬚，監獄裏的犯人也為此常常打得他口流鮮血，然而他卻喊道：「你們打得太輕了，我對不起她，再重點、再重點……」獄警也不敢強硬地對他，因為他寧願死在剃刀下也不再理髮剃鬚。王洛賓和這個青年同在一個監房裏，看着他，想到了因為自己入獄而早逝的妻子，再也無法壓抑心中的情緒，望着窗外的白楊樹，創作了《高高的白楊》這首歌。

【時析】有一副對聯說，「青山原不老，為雪白頭；綠水本無憂，因風皺面」，可以拿來跟「天若有情天亦老」對照。如果從青山綠水自己看，當然談不上感情，因此青山不會為雪熬白了頭，綠水不會因風而皺起眉發愁。但在有情人的眼裏，卻由己及物，仿佛山水都帶上了

愁緒。這正是王國維《人間詞話》所說的「有我之境」，外境因我內心的變化，而染上了情感的色彩，發生了改變。

【例句】楊過苦等小龍女 16 年，30 多歲便已兩鬢如霜，可以說是「天若有情天亦老」，老天看了估計也不忍心吧。

竹外桃花三兩枝，春江水暖鴨先知。
宋‧蘇軾《惠崇春江晚景二首》

【今譯】竹林外兩三枝桃花先開了，春天江水變暖，先知道的是鴨子。

【故事】洪仁玕（1822-1864）是太平天國領袖洪秀全的親戚，因逃避清朝的追捕而逃到香港，在那裏住了將近六年，又到上海待了半年，跟一些來華的西方傳教士朝夕相處，從當時香港的現代化建設和傳教士所辦的報刊雜誌那裏，得到大量的現代知識，清楚世界發展的大趨勢。1859 年，他想辦法到了南京，想輔佐洪秀全，把太平天國建設成為一個現代化國家。他寫了一份現代化綱領文獻《資政新篇》，裏面不僅提到造火車輪船、修鐵路、開礦產、設銀行和保險、建立專利制度、開設現代醫院、養老院濟貧院等，還提到憲法、自由貿易、新聞自由、匿名投票、改革刑法、移風易俗等現代化措施。《資政新篇》的價值在於，當中國還處在中世紀的時候，它就已經看到中國將不可避免地被捲入現代化和全球化的大潮之中。《資政新篇》的現代化「頂層設計」，比日本明治維新早了 8 年，比德國統一早了 11 年。

【時析】說到中國的現代化，廣東都是領先一步。在明清，廣州都是

唯一的對外貿易口岸，廣東人最先感受到「西商東漸」、「西學東漸」。香港的制度和文化，廣東都「近水樓台先得月」地借鑒過去了，從飲食業吸收了一些西餐的原料和做法，到炒股炒樓的經驗，都有樣學樣。由於語言習俗相同，廣東人很容易接受香港的觀念，在價值觀上認同香港，因此，一旦改革開放，廣東就首先經濟騰飛，不像北方和內地省份那樣，還要糾纏於「姓資姓社」的問題，受到舊觀念的束縛。寫過《鄧小平傳》的美國漢學家傅高義，改革開放初期曾到廣東考察，他就觀察到由於毗鄰港澳，廣東人很容易接受現代化的觀念和經驗，廣東在中國現代化的潮流中「先行一步」，不是沒有原因的。

「春江水暖鴨先知」，也可以用來說個人和機構，在實踐中敏銳地感受到水溫已變，應該採取對策應付。如最近兩三年，繼李嘉誠之後，中國大陸的一些原來做房地產的富商，如王健林，也開始不看好房地產，轉而向影視業發展。這都是「春江水暖鴨先知」，他們感受到並且判斷環境的變化，從而作出相應的調整和佈局。

【例句】1979 年，中國開始改革開放，他作為文革時期逃到香港的大陸人，春江水暖鴨先知，早早地回到廣東開設工廠，成為最早的一批往內地投資的人，發了大財。

雨落不上天，水覆難再收。
唐·李白《妾薄命》

【今譯】雨落之後再不會飛上天空，潑出去的水很難再收回。

明哲學理

【故事】西漢時，有個有才華的讀書人朱買臣，時運不濟，砍柴度日。妻子崔氏看他多年不能發達，就開始看不起他。一個下雪天，朱買臣餓著肚子上山砍柴，回家後崔氏就提出跟他離婚。原來崔氏另有打算，想再嫁給一個有錢的木匠。朱買臣勸說無用，崔氏意志堅定地要求離婚，朱買臣只好同意。不久，朱買臣得人推薦，被漢武帝任命為會稽太守。崔氏得知，心意動搖，又想拋棄木匠，重做朱夫人。她蓬頭垢面，赤著雙足，苦苦哀求朱買臣復婚。朱買臣正騎在馬上，他讓人端來一盆清水，潑在地上，他告訴崔氏，若能將潑出去的水收回盆中，他就答應她回來。崔氏聞言羞愧難當，最終精神失常。

【時析】很多夫妻，只能做一段時間的同路人，或可以共苦但不能同甘，或可以同甘但不能共苦。歸根到底，還是因為沒有共同的價值觀。西方傳統的婚禮是在教堂裏舉行，牧師都要問男女雙方，你願意無論他貧富健康生病都跟他／她相守嗎？這實在是一個好的問題，它意味著一份莊嚴的承諾，而且是在眾人面前許下的。

朋友之間的友誼也是如此，能走多遠也跟共同的價值觀有關。孔子說：「可與共學，未可與適道。可與適道，未可與立。可與立，未可與權。」在商界、政界、學術界，真正能成為摯友的人是不多的，環境和利益在變，觀念和形勢在變，能跟你一起既堅守原則又通權達變的人，一定是最知心的朋友和最可靠的盟友。

在男女之間的感情上，無論是在熱戀期，還是在平穩期，都要注意不要有意無意地傷對方的心，造成互相猜忌，彼此離心。有時，一方傷心是因為另一方愛得太熱切，而做出錯事（比如，偷看或監視戀人的手機、電郵等），有時，一方傷心是因為另一方無意間說的一兩句話引起裂痕，最終導致分手。

【例句】有一次，他發現她在偷看他的手機短信，此後就逐漸地疏遠了她，她想挽回兩人的愛情，但是，「水覆難再收」，就如瓷瓶有了裂紋，兩人的感情怎麼修補也不如當初完整了。

心病終須心藥醫，解鈴還須繫鈴人。
清·曹雪芹《紅樓夢》

【今譯】心病最終需要心藥來醫治，解下綁緊的鈴鐺還必須是當初繫上鈴鐺的人來解決。

【故事】南唐時，金陵清涼寺有位法燈禪師，他性格豪放，不拘守佛門戒規，寺內和尚都瞧不起他，唯獨主持法眼禪師對他頗為器重。有一次，法眼在講經說法時詢問眾和尚：「誰能夠把繫在老虎脖子上的金鈴解下來？」大家再三思考，都答不出來。法燈剛巧過來，法眼又向他提出這個問題。法燈不假思索地答道：「只有那個把金鈴繫到老虎脖子上面去的人，才能夠把金鈴解下來。」法眼聽後，認為法燈頗能領悟教義，便當眾讚揚了他。法燈深得法眼賞識，他協助法眼開創了佛教中著名的法眼宗。

【時析】現代社會，由學業、工作、家庭壓力導致了許多心理疾病，人們的心理健康值得關注。在西方，傳統上基督徒可以通過向上帝禱告、向神父告解和向牧師尋求幫助的辦法來紓解緊張。在現代則有精神分析法、心理學治療，通過談話、催眠、回憶童年往事等方法分析心理疾病產生的來源，從而治療疾病。在東方，也有一些學者根據東方宗教文化的傳統，來對現代人的心理疾病予以治療。比如 1937 年由

日本淨土宗佛教徒吉本伊信開創的內觀療法（Naikan Therapy），就在佛教破除苦惡無明的教理基礎上，強調通過回憶父母親人為自己所做的一切，而產生「感恩」和「報恩」的念頭，從而矯正由人際關係導致的一系列怨恨心理，調節社會行為。內觀療法發展出了一套治療心理失常的方法，如今在中國和東南亞、西方都得到傳播和應用，對於療治青少年犯罪、神經症、精神分裂症、人格障礙、網絡毒品手機成癮、強迫症、抑鬱症和人際關係障礙症等都有一定的效果，在中國亦已成為一些醫院、學校、監獄、感化院的課程。

對於青少年來說，如果在學習和生活中產生了焦慮，可以通過向了解自己的師友談話來紓解一部份壓力，找到緩解的辦法，或者通過郊遊、旅行等方法來排解，總之要及時疏通，不能鬱積，如果一個人悶在那裏鑽牛角尖，就容易將小病釀成大患。

【例句】心病終須心藥醫，解鈴還須繫鈴人，她患的是「狂熱追星病」，只要找到她最崇拜的歌星來跟她見見面，便即刻「藥」到病除！

別有幽愁暗恨生，此時無聲勝有聲。
唐・白居易《琵琶行》

【字釋】暗恨：內心的怨恨。

【今譯】像另有一種愁思幽恨暗暗滋生，此時悶悶無聲卻比有聲更動人。

明哲學理

【故事】唐朝元和十一年（816年）秋夜，被貶為江洲司馬的白居易，送一位好友來到潯陽樓（江西九江）江頭。兩人邊飲邊聊，忽然聽到一陣琵琶聲，那聲音幽咽冷澀，令人動容。白居易邀請彈奏者過來彈奏，原來是個婦人，琵琶在她手中發出了萬千幽愁暗恨。聽罷，白居易問道：「請問，你的琵琶聲中為何多帶傷感抑鬱之情？」婦人向他傾訴了家人離別之苦，丈夫常年外出，自己孤單獨守。白居易聽後，想到自己的身世，對她深為同情，專門為她寫了名作《琵琶行》。其中就有這兩句，說的是在婦人彈琵琶時，會有短暫的停頓，但這種靜默，甚至比彈出聲音時更加有效果。

【時析】在老子的《道德經》裏，就已經提到「大音稀聲」，跟「大象無形」、「道可道非常道，名可名非常名」、「味無味」等相關連，表明「道」是超離世間有限之物，用有限之物是無法形容無限的「道」的。「道」跟「沉默」是相連的。

　　嵇康在《聲無哀樂論》這部音樂理論著作中，依據老莊「言不盡意」的思想，否認音樂和人情之間的聯繫，主張聲無哀樂。他認為聖人作樂是順天地之體而成萬物之性，因此音樂是自然而然、不帶有情感的。這一音樂理論，同老莊的無名無形、無聲無味的道在本質上是相通的。在中國傳統的京劇中，有時在表達劇中人的感情時，置入一個程式，即讓他背過臉去（即背對觀眾），既不唱也不說，以表達內心的某種情感（如悲傷），由於觀眾看不到他臉上的表情，因此只能根據自己的經驗和想像去自行體會劇中人的表情了。在當代，也有一些音樂家在作曲和演奏時，會將「沉默」置於音樂中，使其聲音獲得一種深層次的意蘊。

【例句】兩夫妻吵架，你坐一邊不要插嘴，此時無聲勝有聲。你要是勸一邊，就會沒有最大聲，只有更大聲了。

假作真時真亦假，無為有處有還無。
清·曹雪芹《紅樓夢》

【今譯】把假的當作真的，真的也就成了假的；把沒有的當作有的，有的也就成為沒有的。

【故事】陶澍（1779-1839）是湖南安化人，家境不好，家裏為他訂了一門親事，未婚妻姓黃。可是黃小姐嫌他是個窮書生，對他不滿意。正好有個姓吳的有錢人家看上了黃小姐，黃小姐就動了心，一家人開會，想退掉跟陶澍的婚事，嫁給吳家。對此陶家堅決不同意。當時男女定親，男女雙方一般是沒有見過面的，陶澍就從未見過黃小姐。兩家僵持不下時，黃小姐有個丫環叫黃德芬的，認為悔婚名聲不好，打官司更不值得，不如讓她來冒充黃小姐，嫁給陶澍，反正陶澍也不知道真相。結果丫環黃德芬就嫁給了陶澍，黃小姐就嫁到了吳家當少奶奶，兩不耽誤，皆大歡喜。沒想到過了不久，陶澍科考中舉，此後官運亨通，晚年更做到兩江總督，黃德芬也跟着享福，成為一品誥命夫人。兩人結婚後感情一直很好，生了三個千金。陶澍一直不知道身邊的夫人是個冒牌貨，後來回鄉奔喪，才聽說這事，便向夫人問起，黃德芬大大方方地承認了。陶澍問起此事，並非想要拋棄夫人，只是想知道真相而已。至於那個黃小姐呢？她嫁到吳家不久，丈夫在與當地人爭地時被打死，吳家族人怕她爭奪家產，把她趕出了吳家，她只好沿街乞討。陶澍知道情況後，便以他夫人的名義幫助黃小姐，讓她有個安穩的生活。

【時析】在「贋品經濟」中，有的假貨在品質上跟真貨一模一樣，甚至還要好過真貨，雖然造假者和購買者都知道買的是假貨，但是由於便宜很多，而且從外觀上也很難辨別，因此，仍然假貨盛行。那麼受損害的是甚麼呢？是真貨的品牌。假貨無需為創造和維護品牌而花費大筆資金。但是，這也導致了它一直不能有自己的品牌。這就是假貨弔詭的地方。

十多年前，大家還將網絡遊戲、網絡付費稱作「虛擬經濟」，沒想到在今天已經完全變成了實實在在的「電商」，反而令許多「實體經濟」倒閉了。今天你如果到中國南方，便可看到一些街頭賣水果的小販，甚至乞丐，都在用微信掃碼收錢。通過社交網絡，許多空間距離遙遠，按傳統做法永遠不可能相聚的年輕人，發展成為實實的戀人關係甚至夫妻關係。有時「線上」約會甚至比「線下」約會更加具有心理真實感，更能表達心聲。網絡遊戲、比特幣、虛擬武器都能換算成實實在在的金錢。有時到了虛擬的比現實的更真實，「虛」「實」難分，「假亦真來真亦假」的地步。網絡上的「殺人遊戲」，從目前軍事技術的發展來看，很可能是以後戰爭的常態，那就是，未來強大一方的士兵不用進行肉搏，見到敵我的鮮血，只要按按鍵盤、動動滑鼠就可消滅敵軍。在這種情況下，對於他人的生命，還會有真正的尊重嗎？隨着人工智慧的發展，以後說不定機器人這種「假人」，都會逐漸替代和控制「真人」呢！很多科幻小說和電影已經在處理這類主題了。如最近的電影《銀翼殺手2049》已講到人造人為了自由而跟人類鬥爭了。以後這都會成為需要討論的倫理問題。

【例句】假作真時真亦假，現在山寨貨有時比真貨還真還漂亮，有些不知就裏的人把真貨看成假貨呢。

第二章

勵 志 氣

向

勵志氣向

少壯不努力，老大徒傷悲。
漢·佚名《長歌行》

【今譯】年輕時不努力學習和工作，年老時就會一事無成，悲傷也沒用。

【故事】吉田穗波，2004 年畢業於名古屋大學研究所，拿到了博士學位，此後即在東京銀座婦幼綜合診所任婦產科醫師，工作十分忙碌。她的大女兒一歲得了肺炎，一度讓她疲於應付，產生了「若想改變現狀，只能提升自己」的想法。她決定到哈佛唸書時，大女兒才兩歲，二女兒只有兩個月。她要朝九晚五地上班，每天花三個小時在路上，下班接小孩回到家常常是七點。但從準備考試到考取哈佛，吉田穗波只花了半年時間，期間還懷上了第三胎。2008 年，吉田穗波和先生一同前往波士頓留學，三個女兒分別是三歲、一歲和一個半月大。兩年後吉田穗波取得哈佛學位。留學期間，她懷上了第四胎，這次實在忙不過來了，於是「外包」了一部份家務，請了保姆。2012 年，吉田穗波如願成為日本國立保健醫療科學院一個部門的主任研究官，致力於研究母子照護議題。就在她的著作《就因為沒時間，才甚麼都能辦到》出版之際，她的第五個孩子出生了。她成功的秘訣，就在於高效的時間管理，不虛度每一分鐘。

【時析】在所有的批評者中，最偉大的是時間。孔子說，「君子疾沒世而名不稱焉」——君子擔心的是自己死後名字不被人稱讚。孔子這麼說不是要人沽名釣譽，而是要人在活着時做出貢獻，立德、立功、立言，給後人留下遺產。從常情常理來看，一個人從六七歲開始學習

文化，長大後學習專業知識並參加工作，如果到了四五十歲還不能成為某一個領域的行家裏手，實至名歸，具有一定的聲望，那除了是因為他不夠幸運外，也可能是因為努力不夠，或者雖然努力了但是沒有合理地利用時間，以至碌碌無為，平淡地度過一生。

一般正常人的智商不會相差太大，能否做一個優秀人才，關鍵還是要看對時間的利用是否高效。如果時時看手機，打遊戲機，上課時還想着網聊，那就會喪失寶貴的光陰，將學習知識的時間花在了變幻不定的人情和幻想上，得不償失。數年之後，當同學學有所成、成家立業時，你卻滿腦子被淘汰了的過去的遊戲、被吹掉了的過去的網戀，只會覺得人生多悲摧，欲哭無淚！其實，掌握人生很簡單，正如最近一句流行語所說：「你只要能掌控你的手機，你就能掌控你的人生。」

【例句】少壯不努力，老大徒傷悲，想起少年時，一片白茫茫，他唯一的記憶只是打機，打架，打麻將。

寶劍鋒從磨礪出，梅花香自苦寒來。
明·佚名《警世賢文·勤奮篇》

【今譯】寶劍的鋒利是從磨礪中得到的，梅花的香氣來自於嚴寒。

【故事】據說，戰國時的戰略家蘇秦，曾向秦惠王上書十次，主張連橫，幫助秦國兼併六國，但秦惠王最終沒有採納他的建議，不搭理他。他回到家鄉，遭人冷眼，家裏人對他也很冷漠，他發現自己處境惡劣。

於是，蘇秦閉門不出，翻出所有的書籍來看，伏案誦讀，一部叫《太公陰符》的兵法書對他影響頗大。讀書疲倦的時候，他就拿個錐子刺自己的大腿，於是有了「懸樑刺股」之說。一年後他覺得學成了，於是開始遊說各個諸侯國，推行「合縱」，即聯合眾弱小國家一起來對付秦國，遏制秦國的擴張。他大獲成功，被授予六國相印，名震天下。

【時析】刻苦的訓練，對於人的成才非常重要。我們看到許多聰明的人、智商很高的人，到了中年後卻一無所成，一個主要的原因就是太過聰明，甚麼都一學就會，甚麼都可以談，談起來還頭頭是道，但就是缺乏幾十年做好一件事的專注精神，不肯下苦功深入鑽研，不肯踏踏實實做下去，一直漂浮在表面上。

【例句】寶劍鋒從磨礪出，梅花香自苦寒來，要學好一門外語，至少要花一萬小時，才能精通。

海闊憑魚躍，天高任鳥飛。
唐·玄覽《題竹》

【今譯】大海廣闊，可以任魚兒跳躍，天空高遠，可以任鳥兒遨翔。

【故事】電影《一球成名》講述了一個敢於追求夢想的孩子的故事。桑蒂亞哥很喜歡踢足球，卻沒有機會如願以償。父親帶着他移民到美墨邊境，靠給洛杉磯的有錢人家做清潔工謀生。一次偶然的機會，來自英國的球探發現了桑蒂亞哥的足球天分，鼓勵他到英國去闖天下。

勵志氣向

桑蒂亞哥再也按捺不住內心的悸動，不顧父親的反對，去了英國。桑蒂亞哥加入紐卡索隊，剛開始時，他的球技在臥虎藏龍的頂尖選手中幾乎凸顯不出來，他意識到自己的不足後，天天加班加點，勤奮練習，以提高球技。最後，在一次大賽中，桑蒂亞哥表現神勇，讓紐卡索順利突圍晉級，成為耀眼明星。

【時析】有個廣告說：心有多大，舞台就有多大。確實，夢想和遠大志向可以給人動力，不斷上進，改變自己的命運，也對社會有貢獻。雖然理論上人人生而平等，但實際上生在紐約和生在非洲的孩子，他們的命運是不平等的。在中國，網民把通過苦讀留在城裏工作的農村青年稱作「鳳凰男」或「鳳凰女」，即「麻雀變鳳凰」之意。他們一般家境貧寒，在農村有一幫窮親戚，在生活習慣上保留着農村的許多烙印，父母無法資助他們在城裏買房付首付，反而要他們去支援。因此，一般城裏人不會找他們做對象，怕受到拖累。可是，這些鳳凰男/女一般有着超過城裏同齡人的進取心，通過勤奮改變自己的命運。對於他們來說，跳出了農門，來到了城市這個大舞台，就一定要盡力展現自己。一般來說，他們缺少城裏青少年的「傲」「嬌」二氣，以及好高騖遠的毛病，而比較樸實、勤奮、誠懇、有韌勁，有打拼的精神。中國當代許多著名的企業家、科學家、文學家，都是從農村來的。相反，有一些家境良好、處境優越的城市青年，卻反而不思進取。其實他們人生既有高起點，就應該向着更廣闊的世界看齊，到外面去發展、充實、證明自己的能力。

【例句】海闊憑魚躍，天高任鳥飛，年輕人應該跳出自己的「舒適圈」，出外闖蕩，為自己的夢想尋找實現的舞台。

路漫漫其修遠兮，吾將上下而求索。————
周·屈原《離騷》

【今譯】前方的路還很漫長和遙遠，我將百折不撓，不遺餘力地去追求和探索。

【故事】史提芬·喬布斯高中時就製作一些電子零件和電路板，19歲那年開發了自己的個人電腦。他成立了蘋果電腦公司，取得巨大成功，1985年獲得了由列根總統授予的國家級技術獎章。由於人事爭執，喬布斯被迫離開公司。但他吸取教訓，準備東山再起。他成立了一家3D電腦動畫公司，做得風生水起。與此同時，蘋果公司卻在商業競爭中節節失利，1997年，蘋果決定聘請喬布斯重回公司擔任總裁，他答應了。他雷厲風行，數月之內就推出了iMac電腦，迅速佔領市場，幫助蘋果度過了危機。後來推出的iPod、iPhone、iPad等產品風靡全球，讓「蘋果」成為「品質」、「創意」和「前衛」的象徵。喬布斯被認為是電腦業界與娛樂業界的標誌性人物，他經歷了蘋果公司幾十年的起落與興衰，對完美的追求沒有止境。2011年10月5日，喬布斯因患胰腺癌病逝，享年56歲。其影響力不在於賣出了多少產品，而在於他發展的個人電腦，改變了人們的生活。

【時析】人對未知世界的探索，會不斷地被迷惘和恐懼干擾，許多人往往會淺嘗輒止，中途放棄。只有具有堅定信念，鍥而不捨的人，才有可能最後成功。比如哥倫布抱着地球是圓形，向西走也能走到印度的信念，最終發現了美洲。現代社會許多新領域，前途充滿一定的風險，除了對其需要具備一定的知識和確信外，還需要堅忍不拔的意志，以及智慧和勤奮，才可能獲得成功。

勵志氣向

　　現代社會資訊極多，機會也多，這樣就常常讓許多人難以堅定，不夠專注，不能專心致志地做好一件事，也沒有想終生從事的事業。結果，很多人就是跟着潮流走。今天時興這個，就去做這個，改天時興那個，又去做那個，結果一生毫無事業的積累，以碌碌無為告終。在學業上我們也可以發現，一些學生興趣廣泛，甚麼都知道個 ABC，但是都不深入，因為他沒有自己最喜歡的專業，也缺乏持之以恆地做下去的毅力，耐不住「坐十年冷板凳」的寂寞，因此也就不可能有真正的發現和重大的突破。對於平常人來說，如果你不是生而知之的「天才」，那麼，還是看準了一個方向，穩紮穩打地好，這樣起碼能通過個人知識的積累，一生專一藝，一生做好一件事，成為業界精英或骨幹。

　　那些不跟着潮流走的人，如果魄力足夠大，還能夠「逆襲」，創造潮流，或者讓潮流跟着他們走。一般是市場引導着人們的消費，他們卻可以創造需求，讓人們來消費。

【例句】不談歷史上成大事的英雄，單說一個人要成為某一方面的專家，也要樹立起「路漫漫其修遠兮，吾將上下而求索」的精神，不專心鑽研個十年八年，哪能有所成就？

盛年不重來，一日難再晨，
及時當勉勵，歲月不待人。
晉·陶淵明《雜詩十二首》

【今譯】壯年一旦過去便不會重來，一日之晨過去了也不會再來。應當趁年富力強時勉勵自己，光陰流逝，並不會等人。

勵志氣向

【故事】荀慧生（1900-1968）是京劇旦角表演大師。他小時練功非常刻苦。在練蹺功時，師父在兩張桌子上加一個凳子，凳子上放一塊青磚，童年的荀慧生就站在青磚上面練蹺功，腿後面還要綁上竹簽子，耗上三炷香時間。這是何等酷刑，實在難以想像。童年的荀慧生以堅強的毅力、刻苦的精神練得應付自如，練到行如流水，嫻熟自如。荀慧生先生憑着自己藝術的含金量征服了上海灘、享譽京城，深受觀眾的喜愛。他在京劇表演、唱腔上都自成一派，人稱「荀派」，在當時激烈的競爭中躋身於「四大名旦」，譽滿世界。

【時析】人在小的時候記憶力好，擅長於背誦前人名作和一些基本的學科常識。人在小的時候身體也柔韌，聽覺等器官也高度敏感，因此，練習雜技、戲劇、武打、音樂，「童子功」都是非常重要的，過了這個階段，就難以練成了。在人生的一個階段有一個階段的訓練，所謂「盛年不重來，一日難再晨」。

到了成年，人的記憶力下降，但是理解力增強了，可以從事需要深思的工作，像文學、科學研究等，但這跟青少時的訓練一樣，也需要抓緊時間，才能出一些成果。魯迅說：「世界上哪有甚麼天才，我只是把人家用來喝咖啡的時間用在工作上了。」愛因斯坦76歲時病倒了，有位老朋友問他想要甚麼東西，他說，我只希望還有若干小時的時間，讓我把一些稿子整理好。魯迅和愛因斯坦之所以有巨大的成就，跟他們珍惜每一秒時間是緊密相關的。

當代專業分工精細，個人的時間精力是有限的，因此必須集中注意力，在一個小的領域內長久地鑽研，才可能有所成就。年輕時廣泛

涉獵是可以的，但是到了學習專業的年齡，就應該收心，認準了專業，深入地研究下去，否則都是學到各領域的皮毛，不足以在新的領域有所發現或發明。

【例句】歲月不待人，你轉眼就到三十歲了，還成天跟着一幫少年在街頭混，怎麼成家立業呢？我都替你着急。

欲窮千里目，更上一層樓。
唐・王之渙《登鸛雀樓》

【今譯】若想看到千里之遠的風光，就應登上更高一層的城樓。

【故事】陳寅恪（1890-1969）學問廣博精深，被傅斯年評為「近三百年一人而已」。他的祖父是湖南巡撫陳寶箴，父親是著名詩人陳三立。陳寅恪小時學習古典知識，12 歲跟哥哥陳衡恪東渡日本，學習日語，3 年後因足疾輟學回國，在上海復旦公學學習，20 歲時又自費留學，先後到德國柏林大學、瑞士蘇黎世大學、法國巴黎高等政治學校就讀，因一戰爆發而回國。到了 28 歲時又到美國哈佛大學學習梵文和巴利文，31 歲時轉往德國柏林大學攻讀東方古文字學，同時學習中亞古文字和蒙古語。陳寅恪海外求學不以學位為目的，而以解決中國邊疆史地問題為關懷。由於他懂十多種語文，學貫中西，其見解為時人所推崇，被視為超一流人物。他在 36 歲時回國，到清華大學研究院國學門任教，他講課時，其他有名教授（如朱自清、吳宓）都會去旁聽，因此他又被稱為「教授中的教授」。後來，陳寅恪又在西南聯大、燕京

大學、牛津大學、嶺南大學、中山大學任過教。1949年後郭沫若曾邀請他到北京任中國科學院歷史所所長，但他覺得用馬列思想指導史學研究，會導致學術不自由，因此拒絕了。他在文革中死於廣州中山大學。他不僅是史學大家，其詩詞亦卓然獨立，體現了「獨立之精神，自由之思想」的知識份子風骨。

【時析】年輕人的人生經驗和學問見識尚在積累階段，這時候向上看、「見賢思齊」很重要。各行各業都有自己的標杆和楷模，效仿這些楷模成功的因素，以他們來激勵自己「向上走」，是一個成才的好辦法。所謂「近朱者赤，近墨者黑」，天天跟一流人物進行精神會晤，你也會不知不覺地受到他們的感染和「提拔」，而在精神層次上達到高一些的境界了。在對世事和流行事物的看法上，就不會人云亦云，而會逐漸有自己的獨到見解。同樣是人，性相近，習相遠，經過後天的學習，就有了不同的見識。格局小，所見就促狹；境界高，所見就深遠。俗話說，「站得高，望得遠」，還是有一定道理的。

【例句】欲窮千里目，更上一層樓，要做大學問，就得跟着大師學習，學習他們的精神和方法，站在巨人的肩膀上，你才能一覽眾山小，視野高於平常學者。

明日復明日，明日何其多。
日日待明日，萬事成蹉跎。
明·文嘉《明日歌》

【字譯】蹉跎：虛度、失時。

勵志氣向

【今譯】總是「明天吧」、「明天吧」，「明天」是何等的多啊！如果天天等待明天，那只會空度時光，永遠一事無成。

【故事】日本淨土宗創始人親鸞自小父母雙亡。九歲時他就決志出家，跑去找慈鎮禪師為他剃度。禪師問他：「你這麼小，為甚麼要出家呢？」親鸞回答：「我雖小，父母卻都不在了，我不知道為甚麼人一定要死亡，為甚麼我一定要和父母分離，為了探索這個道理，我一定要出家。」慈鎮禪師聽了後，表示嘉許：「好！我明白了。我願意收你為徒，不過，今天太晚了，明天一早我再為你剃度吧！」親鸞請求說：「師父，雖然你說明天一早為我剃度，但我終是年幼無知，不能保證自己出家的決心是否可以持續到明天。而且，師父，您都那麼老了，您也不能保證您是否明早起床時還活着啊。」慈鎮禪師聽了這話，滿心歡喜，說道：「說得好啊！你說的話完全沒錯，現在我馬上就為你剃度！」

【時析】奧古斯丁被譽為第一個現代人，一個重要原因就是他揭示了人的「自我」是分裂的，知而不願，願而不能的事是經常發生的。對於奧古斯丁來說，解決這種分裂只能靠上帝。而對於「上帝已死」的現代人來說，則需要如孔子所說，「吾日三省吾身」，不斷地進行自我反省，培養堅強的意志力和行動力。

　　現代生活節奏快，很多事情都追求「短平快」，又充滿各種各樣的誘惑，產生生理上、精神上、名譽上的種種依賴性，因此，一個人很難與過去的自我告別，「快刀」也難斬「亂麻」。有些「成癮症」的病人明知道煙癮、毒癮、性癮、酒癮、網癮、手機癮不好，也已「決心」戒除，但是理智與意志是兩回事，意志跟能力又是兩回事，因此只好一天天地拖延着，在心靈痛苦中度過一天又一天。不只「成癮症」

49

如此，發現了自己一些不良習慣、不良品質和性格需要加以改變的人，也常常這樣一天天地拖延下去，不見棺材不落淚。這時，不應該諱疾忌醫，而應該對自我痛下針砭，實在不行也可請別人對自己進行監管，直到把壞習慣矯正，培養良好新習慣為止。

【例句】明日復明日，明日何其多。日日待明日，萬事成蹉跎。時間對每個人都是公正的，爭分奪秒，你就會成就自己，拖沓懶散，你就會荒廢人生。

花開堪折直須折，莫待無花空折枝。
唐・杜秋娘《金縷衣》

【今譯】花開了，可以採時就要採，別等到花落了再去，那時就只能折枝了。

【故事】一個年輕人趕路，他在一條花徑上，看到兩邊花朵盛開，很美麗，希望能摘下一朵最大最美的花，但時間又不允許他回頭。年輕人走啊走，見到一朵不錯的，想伸手摘下，回頭一想，前面也許有更大更美的吧。他往前走，果然又見到一朵滿意的，剛要伸手摘下，又想到前面可能有更大更美的，於是再往前走。如此不斷重複，結果走盡花徑，他無法再回，只好兩手空空地繼續去趕他的路。

【時析】當代發達社會出現了一個「晚婚晚育」的現象，由於生活壓力大，以及「享受自由生活」的觀念，在中國超過三十五歲還不婚的男女青年大量出現，被人戲稱為「齊天大聖（剩）」。不少女孩條件

很好，之所以剩下來的原因就是因為條件太好，因此非要找高於自己的人，結果挑來揀去，反而把自己耽擱了，最後很可能孤獨終老。在青春時期，在讀書求學時期，其實你身邊有不少適於談戀愛、結婚的對象，但你如周星馳《大話西遊》中的孫悟空一樣，「曾經有一段珍貴的感情放在我面前，但我沒有珍惜」，一錯過就成「千古恨」，空留回憶嗟歎。青春如鮮花，只在春天開放，不可能無限延遲，也不可能再來一次，還是見好就收吧。在生命生理的自然法面前，自由還是有極限的，理性的人需要反思，而不應被自由所惑，違反了自己的自然法。

【例句】日本宅男宅女天天宅在家裏，怕與外界接觸，最後很多變成了草食男、乾物女，連談戀愛的衝動都沒有了，青春易逝，應該勸他們「花開堪折直須折，莫待無花空折枝」。

天生我材必有用，千金散盡還復來。
唐・李白《將進酒》

【今譯】上天造就我的才幹，必有它的用處，即使千金耗盡，還會重新再來。

【故事】美國柯達公司在製造感光材料時，需要有人在暗室工作。但視力正常的人一進入暗室，猶如司機駕馭着失控的車輛一樣不知所措。針對這種情況有人建議：盲人習慣於黑暗中生活，如果讓盲人來幹這種工作，定能提高工作效率。於是，柯達公司經理下令：將暗室的工作人員全部換成盲人。在暗室裏工作，盲人遠遠勝過正常人，真可謂

善於以短變長。柯達公司巧用盲人這一行動，不僅提高了勞動生產率，給公司增加了利潤，而且給公眾留下了不拘一格重用人才的良好印象。很多高素質的大學生、研究生和專業人才，都爭先恐後地到柯達公司效力。

【時析】老天爺創造世界，沒有兩片葉子是相同的。人也各有不同，有不同的稟賦。他沒有在這裏開一扇門，卻可能在那裏為你留了一扇窗。一個數學學不好的學生，卻可能有作文章的天才。一個口吃的學生，卻可能動手能力強，是實驗室的一把好手。即使懶惰的人，誇誇其談的人，如果運用得當，也能「各盡其才」，比如當門衛、做行銷。

不僅人是如此，物也是如此，一些看起來的「廢物」甚至「毒物」，如果有新的眼光，也能「變廢為寶」，「化毒為益」。比如這幾年北京、孟買等中印大城市霧霾嚴重，一個主要原因是汽車排放尾氣。麻省理工的工程師、印度人 Anirudh Sharma 創立了「Graviky Labs（重力實驗室）」，研發了一款煤渣粒子收集器，安裝在汽車、飛行器的尾氣排放口，再將收集到的煤炭顆粒研製成墨水。這種墨水稱作「空氣墨水」，已經開始在網上出售了。

所以關鍵還是在人，明白自己的長處和適用處，明白事物的特性和可用處。最不好是一味想賺錢，卻不開發自己的潛能，也缺乏知識視野，結果錢也賺不到，有錢還可能守不住。錢是死的，能力是活的。能力是根本，找到能充分發揮能力的地方，才是根本中的根本。

【例句】人無完人，要勇於面對自己的不足，去嘗試改善自己的不足，要相信「天生我材必有用」，只要積極努力，在這個世界上，一定會有某個位置適合於自己。

勵志氣向

不經一番寒徹骨，哪得梅花撲鼻香。————
唐·黃檗禪師《上堂開示頌》

【今譯】不經過冬天那刺骨的嚴寒，梅花哪會有撲鼻的香氣？

【故事】2016 年 1 月 12 日，美斯榮膺 2015 年度國際足球聯合會金球獎，五度獲得此獎，創造紀錄。毫無疑問，他是當代世界足球之巔的巨星。5 歲時美斯就開始在阿根廷當地的街區足球隊踢球，教練就是他的父親。11 歲時美斯被診斷出發育荷爾蒙缺乏也就是垂體性侏儒症，這會阻礙他的骨骼生長。美斯的侏儒症並非不可醫治，但醫療費每月高達 900 美元，費用昂貴。2000 年 9 月，年僅 13 歲、身高只有 140cm 的美斯去了西班牙巴塞隆拿青年隊。首場比賽，他就憑着嫻熟的腳法、過人的突圍能力征服了台上的觀眾。然而，140cm 的身高，註定是一個與足球無緣的遺憾。關鍵時刻，美斯遇到了生命中的貴人圖爾尼尼，一個長年在為巴塞隆拿球會物色小球員的球探。在圖爾尼尼的幫助下，美斯舉家遷至巴塞隆拿，並與巴塞隆拿球會簽約，球會安排為美斯治病。就這樣，他一邊訓練，一邊接受治療。到 2003 年，他的身高終於達到 170cm。憑着頑強的意志與不懈的努力，美斯的巨星之路終於開啟，改變了自己不幸的命運，成了世界足壇的一個傳說。

【時析】前幾年日本人三浦展寫了一本《下流社會》，指出日本中產階級正在走下坡路，各方面都江河日下。其實，隨着中國和印度這些新興經濟體的興起，歐美中產階級都不同程度地出現了中產階級變弱，貧富分化加大的現象。

勵志氣向

在香港，近些年是否年輕人缺少上流機會？這是社會的問題還是年輕人的要求高？從世界大環境來說，香港作為「一國兩制」的試驗，並不是處於不利的地位。從個人來說，發展機會還是有的，一些人到大陸發展得也不錯。作為個人不應只是抱怨社會不公，其實可將之視為磨練，每種條件下都有人做得好，有人做得不好。在香港房價高，老一輩都四五十歲才有房，年輕人剛畢業就要求一步到位要有房，也不對。與其怨天尤人，不如多練本領。

現在大陸和香港都有工作實習安排，一些年輕人主動去一些公司或機構實習，不在乎錢，只為爭取機會。個別的年輕人則一看實習沒有錢或者錢很少，就不願幹。其實大多數公司或機構是在考察他們。現在聯合國的一些部門雇用實習生，期間有的長達半年，沒有提供薪水的，到期覺得你達到要求就可以留下，否則就要走人。

【例句】不經一番寒徹骨，哪得梅花撲鼻香，你看他站在領獎台上，似乎十分輕鬆，其實那是四年來每天辛苦訓練十二小時的結果。

第三章

修身
潜　身
　　行

潛修身行

丹青不知老將至，富貴於我如浮雲。————
唐·杜甫《丹青引贈曹將軍霸》

【今譯】（曹霸）沉浸於繪畫之中，竟不知老年將至，他看待富貴榮華，就如浮雲一樣淡薄。

【故事】劉其敏（1929-2010）早年在中央美術學院學習，師從李可染等畫家，畢業後到廣州美院教書。1960年代他就曾獲魯迅文藝獎。他拒絕了當系書記和附中校長的機會。他當了28年講師，從不遞交申請材料，把機會讓給後輩。他謝絕一切應酬，也不舉辦畫展。他每天都留在屋子裏畫畫看書。他生活極簡，可用「家徒四壁」來形容。有一對箱子跟隨了他數十年，他在箱子旁邊搭一個木板，就是他睡覺的床。而就是這個老人，多年來都在資助貧困學生，從不留名。他生前唯一的一次拍賣是為汶川大地震捐畫。他一生未婚，沒有子女，晚年樂於跟學生談天。劉其敏最後十幾年留下近兩百幅素描作品，數百幅速寫作品，生動記錄了廣東三十年來的巨大變遷。他的大部份作品都捐獻給了廣州美術學院，分文未收。他的遺願是作品能被廣東美術館、中國美術館收藏。他不賣畫，認為自己的藝術是「公共藝術」，應該放在美術館內感染大眾。2010年他在廣州去世，後事由學生料理。

【時析】最近二十來年，由於中國經濟的增長，藝術業也「水漲船高」，同時由於中國的特殊國情，一些人「功夫在詩外」，不把功夫花在藝術上，而花在脫離實際的炒作上，甚至一些不法之徒將藝術作為「洗錢」的管道，胡亂把一些畫家的價位炒高，因此，藝術界呈現出虛假的繁榮景象。真正有價值、不事炒作、有功底和創造性的畫家始終是少的。像劉其敏這樣的老一輩藝術家，尚有不事虛名、專心致志搞創作的操守，不知這種精神還會不會有傳人？

修身
潛行

【例句】北京的宋莊是一個畫家村，那裏既有急於成名的美院學生，也有幾個「丹青不知老將至，富貴於我如浮雲」的不知名的老畫家。

爾曹身與名俱滅，不廢江河萬古流。
唐‧杜甫《戲為六絕句‧其二》

【字譯】爾曹：汝輩、你們。不廢：不害、不傷。

【今譯】你們這些傢伙的肉體和名字都會銷聲匿跡，絕對阻止不了長江大河萬古長流。

【故事】原詩為：「王楊盧駱當時體，輕薄為文哂未休。爾曹身與名俱滅，不廢江河萬古流。」「王楊盧駱」是指初唐的四個詩人王勃、楊炯、盧照鄰、駱賓王，又稱「初唐四傑」。原詩意思是：王、楊、盧、駱四位詩人的文體是當時的風尚，某些輕薄的人寫文章譏笑他們，喋喋不休。你們這些嘲笑四傑的人，只是一時的聒噪不休，你們的生命和名字終將煙消雲散，完全無損於四傑的聲名，他們光輝的詩篇將像滔滔江河一樣萬古長流。

【時析】1983 年 10 月，中國開始了「清除精神污染」運動。小說《苦戀》、《離離原上草》、《人啊，人！》被指責為「資產階級自由化相當嚴重」。捷克經濟學家奧塔‧錫克寫的《第三條道路》，美國未來學家阿爾溫‧托夫勒的《第三次浪潮》被列為禁書。連《人體素描》、《人體美術資料》都被嚴限發行。一些工廠展開針對「奇裝異服」的運動，凡穿喇叭褲來上班的，要麼不能進廠，要麼先由黨委書記將其

褲腿剪開。鄧麗君《小城故事》被批判為「靡靡之音」，不得傳唱。胡耀邦和趙紫陽認為這種擴大化現象會影響改革開放，於是向鄧小平作了彙報。因違背人心，這場左派發動的「清污運動」不到兩個月就無疾而終了。運動中被禁的許多書籍和歌曲，反而成為經典之作。

【例句】你攻擊莫言有用嗎？「爾曹身與名俱滅，不廢江河萬古流」。一百年後他的書還會有人讀，你卻連名字都會被人遺忘。

蚍蜉撼大樹，可笑不自量。
唐·韓愈《調張籍》

【字譯】蚍蜉：螞蟻。

【今譯】螞蟻想搖動大樹，可笑牠不自量力。

【故事】英國浪漫主義詩人中，濟慈（John Keats，1795-1821）出生最晚，生命最短，才活了 26 歲。但他的詩光芒萬丈，其聲譽有凌駕於他人之勢。濟慈的代表詩作有《恩底彌翁》、《聖艾格尼絲之夜》、《秋頌》、《夜鶯頌》、《希臘古翁頌》等。可是這些優美的詩篇，曾經遭到一些評論家的惡意攻擊。1818 年，《恩底彌翁》出版後，遭到了 J. C. 洛克哈特和 J. W. 克羅克等人的惡意苛評，對濟慈造成了「深深的傷害」。濟慈去世後，濟慈的同窗好友 C. Cowden Clarke 強烈譴責了《評論季刊》和《布萊克伍德》雜誌給予濟慈的「粗暴和野蠻的對待」。他認為，這也是導致濟慈早逝的原因之一。

潛修身行

【時析】這兩句詩前面還有幾句:「李杜文章在,光焰萬丈長。不知群兒愚,那用故謗傷。」在韓愈所處的中唐時代,李白和杜甫的詩歌成就,還不受重視,甚至還受到一些人的貶損。韓愈知道李杜的價值,對他們的詩歌作出了極高的評價,並譏斥「群兒」抵毀前輩是多麼無知可笑。「李杜文章在,光焰萬丈長」二句,已成為對這兩位偉大詩人的千古定評。偉大詩人和作家在世時和死後,常常會遭受各種各樣的詆毀和惡評,乃至受審或被禁的命運,比如薄伽丘《十日談》、波德賴爾《惡之花》、勞倫斯《查泰萊夫人的情人》、扎米亞京《我們》等。原因不一而足,或者是因為看不到他們的偉大之處,有眼無珠,或者是出於個人恩怨,惡意誹謗,或者出於政治或道德意識形態的偏見,一味打壓,但是,他們無法掩蓋偉大詩人和作家的光芒。由於這些人藝品人品方面的缺陷,他們的精力都放在嫉妒和打壓別人上,本身並沒有甚麼好作品能夠流傳下來,當偉大詩人和作家的作品成為經典,仍在世間流傳時,這些人的肉體早已腐爛,他們的名字也早已被人們拋棄。歷史是一把無情的篩子,把渣滓篩掉,把精華留了下來。

【例句】最近有人奚落錢鍾書先生,說他沒有思想,這真是「蚍蜉撼大樹,可笑不自量」了!

時危見臣節,世亂識忠良。——
南北朝・鮑照《代出自薊北門行》

【今譯】在危難時刻,方才能看出臣子的節操,在動盪的年代,方才能認識忠臣的好。

潜修身行

【故事】1912 年鐵達尼號沉船事件中，共有 1502 人罹難，705 人得救。38 歲的查理斯‧萊特勒是泰坦尼克二副，他是最後一個被拖上救生船的生還者。他在回憶錄記下了許多感人的故事。鐵達尼號上的五十多名高級職員，除指揮救生的二副萊特勒倖存，全部死在自己的崗位上。凌晨二點，一號電報員約翰‧菲力浦接到船長棄船命令，但他仍坐在發報機房，保持着不停拍發「SOS」的姿勢，直至最後一刻。也有不多的例外：細野正文是日本鐵道院副參事，男扮女裝，爬上了滿載婦女和兒童的 10 號救生船逃生。回到日本被立即解職，他受到所有日本報紙輿論指名道姓的公開指責，他在懺悔與恥辱裏過了 10 年後死去。

【時析】在日常生活狀態中，人們所做的事情都是常規，談不上「大是大非」，但是在危難的關頭，人們所做的選擇卻能暴露出他們的性格和為人。比如，在汶川大地震中，有的老師在遇到地震時自己就先跑了，有的老師卻讓學生先跑；有的人奮力救人，有的人卻急着搜尋別人的錢物……這實際上跟平時的道德修養有關，平時看不出來差別，一到危機時刻就顯出來了。平時如果能防微杜漸，「勿以善小而不為，勿以惡小而為之」，在關鍵時刻一般也就能做出符合道德的選擇，否則就會相背而行。

電影《鐵達尼號》播出後，人們在考慮一個問題：如果是今天的人們處在鐵達尼事件中，他們的總體表現會如何呢？

【例句】孔子流浪各國的時候，不離不棄地跟着他的只有幾個老學生，稱得上是「時危見臣節，世亂識忠良」。

潛修身行

萬花叢中過,片葉不沾身。————

元・湯顯祖《牡丹亭》

【今譯】從茂密的花叢中穿過,而身上不沾到一片葉子。(比喻雖遇迷惑,但潔身自好。)

【故事】劉德華是香港電影明星,被譽為「四大天王」之一。在傳媒高度發達、狗仔隊十分「敬業」、報紙電台天天充斥着名人緋聞的香港,劉德華卻幾乎沒有任何緋聞,偶爾出一個「風頭」(如有「腦殘粉」因追星他而耽誤學業和生活),也跟他個人操守無關。當年的「四大天王」,隨着年歲增長一個個都退出了影視業,唯有劉德華還在那裏堅持着。他的工作態度極其嚴謹,從不遲到,有約必守,雖然獲獎無數,但他仍然謙卑待人,沒有明星架子。他可以說是香港影視界的一位德藝雙馨的長青樹。

【時析】香港像劉德華這樣有專業和道德操守的明星,還有周潤發等人。當今世界,演藝圈和體育圈,因為傳媒的發達和商業的利益,幾乎成了「醜聞經濟」和「醜聞世界」的代名詞。不出「醜聞」和「緋聞」這樣的新聞,就吸引不了讀者的眼球,報紙賣不動,主人公的戲和球賽就少人看。對於官場,西方因為有輿論監督,東方某些國家因為沒有輿論監督,而呈現出不同的報導和揭露模式。西方對官員的腐敗的監督,跟報導明星的「緋聞」一樣,基本堅持了同一個尺度和原則。而在東方,對官員的監督極少(除了已被抓或定罪的官員),傳媒不敢也不能監督,因此,只能將注意力放在對明星、演員、球員這些「公眾人物」的負面新聞的炒作上,使整個社會的輿論生態呈現出「娛樂版發達,政治版萎縮」的現象。只有當一個社會正常發育,官員也成

為「公眾人物」,「狗仔隊」也能夠趴在官員家門口或追蹤報導官員言行,揭發官員「緋聞」的時候,這個國家的公權力才能受到監督。

【例句】他在中國官場三十年,從不出事,人稱「萬花叢中過,片葉不沾身」。

竹死不變節,花落有餘香。
唐‧邵謁《金谷園懷古》

【今譯】竹子雖死但仍不改變骨節,花兒雖凋落仍保留芳香。

【故事】蘇武在天漢元年(前100年)奉命以中郎將持節出使匈奴,被扣留。匈奴貴族多次威脅利誘,欲使其投降;後將他遷到北海(今貝加爾湖)邊牧羊,揚言要公羊生子方可釋放他回國。在人跡罕至的貝加爾湖邊,單憑個人的能力是無論如何也逃不掉的。唯一與蘇武作伴的,是那根代表漢朝的使節棒和一小群羊。蘇武每天拿着這根使節棒放羊,心想總有一天能夠拿着回到自己的國家。這樣日復一日,年復一年,使節棒上面的裝飾都掉光了,蘇武的頭髮和鬍鬚也都變白了。他在貝加爾湖牧羊達十九年之久。後來,匈奴老單于死了,漢朝老皇帝也死了,新單于與新皇帝和好,蘇武方才獲釋回漢。

【時析】「節」跟「忠誠」有關,在現代國家也還是一個重要的政治和道德品質。在中國古代,「節」意味着忠誠於皇帝,因此當發生「改朝換代」的事情時,忠誠於舊王朝,不在新王朝當官就成了許多人「守節」的表示。中國歷朝都有「遺民」現象,就是一種「節」文化的產物。

這種「節」，如果強調到極端，可能出現理學家「餓死事小，失節事大」的道德要求。那麼，在人的生命權和名譽權必須二擇一的情況下，應該如何選擇呢？應該說生命是第一位的。

【例句】他是一個有氣節的人，改朝換代之後，他拒絕入仕，回老家做起了私塾先生，被鄉人稱讚是「竹死不變節，花落有餘香」。

舉世皆濁我獨清，眾人皆醉我獨醒。
周‧屈原《楚辭漁父》

【今譯】整個世界都很混沌，只有我是乾淨的；大家都醉了，只有我是清醒的。

【故事】屈原被放逐，在江湖間遊蕩，形容枯槁。漁父看到他，說：「您不就是三閭大夫嗎？怎麼會落到這種地步？」屈原說：「世人都骯髒，只有我乾淨，眾人都醉了，唯獨我清醒，因此被放逐。」漁父說：「通達事理的人，對客觀時勢不拘泥執着，而能隨着世道變化推移。既然世人都骯髒，您為甚麼不也投入其中，推波助瀾，使泥水更渾濁？既然個個都沉醉不醒，您為甚麼不也跟着吃那酒糟喝那酒汁？為甚麼您偏要憂國憂民，與眾不同，使自己被放逐呢？」屈原說：「我聽過這種說法：剛洗頭的人一定要彈去帽子上的塵土，剛洗澡的人一定要抖淨衣服上的泥灰。哪裏能讓潔白的身體去接觸污濁的外物？我寧願投身湘水，葬身在魚鱉的肚子裏，哪裏能讓白玉蒙受塵埃的沾染呢？」漁父微微一笑，拍着船板離去，口中唱道：「滄浪之水清啊，可用來洗我的帽纓；滄浪之水濁啊，可用來洗我的雙足。」

潛修身行

【時析】在對待暴政的態度上，有一種人是「對抗到死」，有一種人是「逃避」，前一種是「鬥士」，但常常成為「烈士」，後一種是「隱士」，但常常成為「高士」。前一種造成的後果，一是有可能使得暴政更殘暴，連累更多的人，一是有可能使暴政瓦解，惠及大眾；後一種人造成的後果是沒有甚麼後果，因為他們對暴政無害，也無益，因為不發生影響和後果，但他們很多人投身於藝術、文學和科學，取得一些成就，從這個意義上說，他們對於文化做出了貢獻，使後人受惠。屈原這樣有個性的人，少了。網絡的匿名特徵，可以讓人不負責任地亂說話。前些年在網上可發匿名帖，攻擊人，罵人，不用負責任，因為你是「群眾」，沒有名字，找不到你。現在加強網絡管制，要為你在網上的言行負責，跟你在實體生活中一樣。好了。現在又有人「從眾」，你說他在微信群裏吧，他從不發獨特的、有個性的資訊，只是轉一轉別人的文章，節日問候語也是群發的、批量的，沒有個性的，這是因為他要有意地處於「有名的匿名狀態」，沒有過錯，你找不到他任何個性，錯誤和把柄。這就是「逃避自由」，「逃避個性」。這和那種由於平庸、沒有創造性所導致的「匿名」有本質的不同。前一種是「自覺的匿名」，後一種是「自發的匿名」。

【例句】他在群像中常常顯出「舉世皆濁我獨清，眾人皆醉我獨醒」的樣子，讓他們嫉恨，在網絡上用匿名對他造謠抹黑，說他是個「影帝」。

粉身碎骨渾不怕，要留青白在人間。
明·于謙《石頭吟》

修身

潛行

【字譯】青白：石頭顏色青白分明，這裏指「清白」。

【今譯】粉身碎骨都不怕，要把自己的清白留在人間。

【故事】這兩句詩是詠石灰石的。它前面還有兩句：「千錘萬鑿出深山，烈火焚燒若等閒」。可以說這首詩是于謙 (1398-1457) 本人品格真實的寫照。于謙為官廉潔，為人正直，他曾平反冤獄，賑災救饑，有聲望。明英宗和瓦剌蒙古人打仗，在土木堡被蒙古人俘虜，明朝一時群龍無首，有人想遷都南方，于謙力排此議，跟群臣商議，立景帝為君。他率 22 萬兵固守北京，擊退瓦剌，使明朝免於再次被蒙古人統治。但英宗復辟後，卻以「謀逆罪」誣殺了于謙。

【時析】像于謙這樣有正氣的大臣，歷史上也有一些，如海瑞、文天祥。當代中國也有類似的人物。在文革中含冤去世的前國家主席劉少奇，他有個兒子叫劉源，是個上將，曾任解放軍總後勤部政委。他在軍隊任職時，發現貪污受賄、買官賣官問題嚴重，尤其是解放軍總後勤部副部長谷俊山的貪污問題。他在 2011 年年底的軍委擴大會議上，指出這些問題，這導致了後來軍委副主席徐才厚和郭伯雄的倒台。劉源說：「我雖沒有上過戰場，但我也死過幾回，活過幾回。我寧肯烏紗帽不要了，也要把貪官拿下來。」他越級犯顏直諫，使軍隊的腐敗問題得到暴露和治理，為中國軍隊的長遠發展做出了貢獻。

【例句】他被內部人舉報，說他在瑞士銀行存款幾百萬，他急忙發聲明強調自己「粉身碎骨渾不怕，要留青白在人間」，將以充分的證據證明並無此事。

修身
潛行

採得百花成蜜後，為誰辛苦為誰甜。 ───
唐‧羅隱《蜂》

【今譯】蜜蜂採盡百花釀成蜜後，到頭來又是在為誰忙碌？為誰釀造醇香的蜂蜜？

【故事】由於體制上的缺陷，中國人難以監督官員腐敗，人民勞動創造的價值很大一部份被貪官貪污了。北戴河供水總公司總經理馬超群，家有現金上億元、黃金 37 公斤、房產 68 套。這都是他利用職權向各家需要用水的酒店勒索得來的。山西環保廳長劉向東被抓走時，從他身上、車上、辦公室、住所查到的巨額人民幣和銀行卡、存摺、黃金，就有 1.5 億元，加上字畫、玉器、古董和多套房產，共有兩個億。山西省委書記王儒林說，山西 119 個縣市區，排在後九位的 9 個縣都是貧困縣，9 個縣的財政收入才 6.07 個億，而一個呂梁市副市長貪腐的金額，現在查處的就有 6.44 億。他一個人貪污的錢，就相當於九個縣一年的財政收入。

【時析】在沒有法制和制度不完善的國家，勞動者創造的成果，很多被大小貪官和奸商掠奪走了。凡是權力獨大，黑箱操作，沒有新聞監督的地方，就容易發生權力尋租，大官小官都抓住當官的機會大貪小貪，人民不堪其擾，不是陷入絕對貧困，就是陷入相對貧困。現實是國家的稅收再多，財政再多，其中一大部份也都會通過各種管道落入貪官的口袋，這將加劇社會不平等，導致社會動盪。

【例句】大工廠動輒數萬工人，機器轟鳴的聲音像嗡嗡響的蜂巢，工人們就像蜜蜂一樣，但不知他們「採得百花成蜜後，為誰辛苦為誰甜」，創造的利潤最後去了哪裏？

修身潛行

千秋萬歲名，寂寞身後事。————
唐·杜甫《夢李白》

【字譯】萬歲：萬世。身後：死後。

【今譯】雖然你的名聲會流傳千秋萬代，但那都是在你寂寞生涯之後的事，於你活着時無補。

【故事】梵高（Vincent William van Gogh，1853 － 1890）在人生的最後兩年，到法國南部的阿爾居住，創作了《星夜》、《向日葵》等。梵高曾追求過他的表姐和一位倫敦姑娘，但都是單相思，毫無結果。後來他跟曾做過妓女的克莉絲蒂娜在一起，兩人商量：當梵高每月能賺到 150 法郎時就結婚。然而，克莉絲蒂娜因養病需要買營養品，而梵高把錢花在了買顏料和雇用模特上，兩人矛盾不斷。最終由於梵高無法賺到 150 法郎，兩人分手。梵高諸事不順，精神越來越有問題。1890 年 7 月 27 日，他在外出作畫時開槍自殺，血流不止，兩天後在弟弟提奧身邊死去，他只活了 37 歲。他的畫今天價值連城，可在他活着的時候，他每月拿 150 法郎薪金的願望都無法實現。

【時析】這兩句詩，是杜甫寫李白的。杜甫深知李白，他知道千年萬載之後，李白的名聲將是不朽的，但李白在生前卻蒙冤入獄，不能實現平生抱負。

　　從事看起來不那麼「實用」的行業，比如文學藝術，從一開始就要做好「死後出名」的準備，不要抱有幻想。即使出名了，也要警惕。所謂「諾貝爾獎的詛咒」，就是說得了諾貝爾獎暴得大名之後，心浮

氣躁，再也寫不出東西來了。寫出好的作品需要精益求精，沉下心來，體驗真實生活，尤其生活中的艱苦。當然，也有想走「成功」路線的，很多人搞通俗文學、大眾文學、影視文學，走市場暢銷路線，這就要看你追求的是甚麼了。再如做書店，像「誠品」那樣的，既能做出一定的品質，又能不虧損的，算是例外，大部份書店都是慘淡經營。最近幾年，大陸隨着「電影院文化」的興起，一些賣座的電影票房動輒幾億十幾億，相當於許多家上市企業的利潤，因此吸引了許多資本去投資，一時魚龍混雜，許多作家紛紛跳槽「觸電」，但真正暴富的也沒有。所以，從一開頭就調低自己的期待值，以寫出精品為目標，而不是「暢銷」為目標，可能反而是一個在文學本身價值上好的開始。

【例句】詩人海子生前藉藉無名，衣食無着，還被人罵作瘋子，死後卻越來越有名，不僅生前小屋成了紀念館，墓地成了文學青年的聖地，他的詩還進了中小學課本，正應了杜甫寫李白的詩，「千秋萬歲名，寂寞身後事」。

安能摧眉折腰事權貴，使我不得開心顏。
唐 · 李白《夢遊天姥吟留別》

【字譯】摧眉折腰：低頭彎腰。摧眉，即低眉。

【今譯】怎麼能夠低三下四地去侍奉那些權貴之人，讓我自己一點都不開心。

潛修身行

【故事】唐玄宗天寶三載（744年），李白在長安受到權貴排擠，被放逐出京。次年，李白將由山東南遊吳越，寫了首《夢遊天姥吟留別》給山東的朋友，人還沒去天姥山，夢中先遊了一番，把天姥山寫成仙山。這句詩表達了他想在大自然中達到自由境界，擺脫「臣妾」屈辱地位的願望。詩中「折腰」一詞來自陶淵明。陶淵明不為五斗米折腰，在官場磨滅個性，因此而回老家務農。李白在長安雖受皇帝優寵，也只不過是個為皇帝寫頌歌的「宮廷詩人」，經常要說違心的話，無疑會有屈辱感。他在這首詩裏終於說出了真心話，追求自由去了。

【時析】現在人表面看起來很自由，但總體上是不自由的，很難像李白這樣任性。你可以不跟李嘉誠打工，但不能不跟張嘉誠打工，要謀生你就得打工。能否輕鬆地實現「財務自由」呢？也不容易。當大家一窩蜂地開淘寶店時，利潤就攤薄了，普通人還是要到外打工的。在這種情況下，就可以反思，難道「打工」就是「不人性」？這裏面可能有一個心態調整的問題。

　　隨着自動化和科技的發展，現代人的上班時間總體上是縮短了。將來機器人更多之後，人們的閒暇時間會更多，掙夠基本生存所需費用的時間將越來越短，因此，將來的問題恐怕不是有沒有自由的問題，而是你用自由去做甚麼的問題。

【例句】她到外面旅遊了一趟，回來就給局長寫了一封辭職信，信上寫「世界這麼大，我想去看看」，她真正想對局長說的是「摧眉折腰事權貴，使我不得開心顏」，她對局長的霸道作風受夠了。

潛修身行

達亦不足貴，窮亦不足悲。—————

唐・李白《答王十二寒夜獨酌有懷》

【今譯】富貴騰達不值得自矜高貴，貧窮也沒甚麼可悲哀的。意即命運沉浮不定，應淡定對待，不必與世浮沉，堅持做好自己就行。

【故事】金敬邁（1930- ）是廣州軍區的作家，1965 年出版了小說《歐陽海之歌》，呼應了當時的政治需要，得到國家主席劉少奇的肯定，印了 3000 萬冊，當時印數僅次於《毛主席語錄》。1967 年 4 月，金敬邁被召到北京，從普通士兵成為「中央文革文藝組負責人」，實即文化部長，經常跟江青打交道，聽其指令。但他只當了 123 天的「負責人」，就被以莫須有的罪名關進了秦城監獄，一關就是 2684 天（七年多），在監獄裏他沒有忘記天天讀書。1974 年出獄後，又到河南農場勞改，1978 年才回到廣州家裏。晚年時，金敬邁說，論品德，他所接觸到的領導人，都趕不上他早年流落街頭時認識的那些小混混，小混混還有同情心和人性。

【時析】現代中國國運跌宕起伏，個人被裹挾在其中，也起起落落，沉浮不定。如果一家祖孫三代人，經歷了這一百年，用小說敘述出來，一定會是波瀾壯闊，故事繁多。明白了這一點，今天的人就要慶幸，生在了一個漸趨正常的時代，能夠享有和平發展與基本可預期的生活道路，按照自己的意願走自己的路。在這個大的框架下，人生的起落主要還是靠自己，遇到不順要耐心，遇到命運的因素則要調整自己的心理。由於錢是賺不完的，生命是有限的，因此，還是「錢多錢少，夠用就行；屋小屋大，夠住就行」，達到一種平衡的心態較好。

潛修身行

【例句】他經歷了從創業到公司破產，被人追債，再到東山再起的全過程，在這個過程中，他領悟到「達亦不足貴，窮亦不足悲」，保持內心的自由、認認真真做事才是最重要的。

一失足成千古恨，再回頭已百年身。
明・楊儀《明良記》

【字譯】失足：跌跤。千古：長遠的年代。舊時比喻一旦犯下嚴重錯誤或墮落，就成為終身的恨事。

【今譯】一旦墮落，就成為終身的恨事，想要彌補只能等下輩子了。

【故事】汪精衛（1883-1944）早年在日本追隨孫中山，參加革命，1910年策劃刺殺攝政王載灃，被捕入獄，被判終生監禁，他在獄中寫出「引刀成一快，不負少年頭」，傳誦一時。後來他參加了國民革命，成為國民黨左派，在與蔣介石爭權鬥爭中失敗。日本入侵中國，他與日本合作，成為中國頭號漢奸，一生名譽成為負數。

【時析】人的一生時間有限，犯下大錯很可能耽誤一生，比如少年時好勇鬥狠，致人死殘，餘生就會在監獄中度過，比如中年時貪污受賄，就很可能失去天倫之樂，在牢房裏度過許多年。再比如演藝界人士為好奇或求刺激而吸毒，結果被曝光，坐監之餘，形象受損，廣告費亦受損（如房祖名、柯震東）。有些過錯可以改正，如吸毒，改好了可以重新為社會接納，有些過錯不可逆轉，如情殺，不僅人不能復生，自己的良心也要終生受苦罪之懲罰。所以，為人須謹慎，從小就端正

修養，「吾日三省吾身」，勿以善小而不為，勿以惡小而為之，防微杜漸，培養良好的、健康的道德觀念。稍有閃失，即予糾正。犯有過錯，勇於認錯並及時改正，這樣才不會有「一失足成千古恨」的事情發生。

【例句】他們在公路邊玩石子，越玩越瘋，把石子拋向了疾馳中的轎車，沒想到造成一死三傷，他們也被捕入獄，真是一失足成千古恨啊！

奉勸人行方便事，得饒人處且饒人。
明・馮夢龍《醒世恆言・卷五》

【今譯】奉勸大家樂於助人，予人方便，儘量寬恕別人，做事不要做絕，給人留有餘地。

【故事】張雨綺是大陸女演員，她因與周星馳合作拍攝《長江7號》而走紅，後來兩人因為合同糾紛而分道揚鑣。2014年8月香港影視大亨向華強太太陳嵐因網絡上一篇文章說向華強曾薄待周星馳，而猛批周星馳五宗罪，一時網上出現了不少貶周的言論。張雨綺在出席紐約時裝週時，被媒體問到她是否覺得周星馳性格古怪，曾與周星馳有合約糾紛的她卻說：「他人超好，很照顧我，他是工作認真的導演，也是專業演員。有性格的人，是天才。可能有很多人對他有誤解，又導又演會遇到很多問題，所以無所謂。」也許是她這番話感動了周星馳，周星馳邀請張雨綺再度合作，主演他拍的《美人魚》，這部電影於2016年春節播出，立刻就打破中文電影的票房紀錄。

【時析】我們在生活中，都喜歡跟為人寬厚的人交往，而不喜歡刻薄的人，因為他們常常沒事找事，在沒問題的地方找出問題，或者製造問題，還動不動就投訴，搞得人人都心情緊張。對這樣的人，別的人也會還以顏色，最後就常常以「烏煙瘴氣」、「兩敗俱傷」結尾。

【例句】地鐵擁擠，一個女人踩了她的腳，引來她高聲斥責，那女人也不示弱，兩人從撕扯頭髮到互搧耳光，鬧得不可開交。如果她從一開始就「得饒人處且饒人」，就沒有這樣的結果了。

平生不作虧心事，半夜敲門不吃驚。
元・佚名《盆兒鬼》

【今譯】一輩子沒做過虧心事，半夜聽見敲門聲也沒甚麼好驚慌的。
（後一句常作「半夜不怕鬼敲門」）

【故事】中國工商銀行重慶九龍坡支行原幹部陳新，曾攜帶四千多萬元人民幣輾轉潛逃於境內外。68天的逃亡途中，他先後在成都、廣州、海口、湛江馬不停蹄地周旋，在越南、緬甸境內疲於奔命，一共換了29個假身份證。陳新的日記記錄他了逃亡期間的感受：「我心裏有一種甕中之鱉的惶惶感。我真切地感受到命運捉弄人時的滋味真夠受的。我知道我遲早會有玩完的一天，我的心理、我的精神狀態完全垮塌了。我手中握有的幾十個身份證和股東證也沒能把我救出苦海。」

潛修身
行

【時析】貪污，本來是為了過平安富足的生活，結果卻適得其反。要讓人「不想腐」，報導那些外逃的腐敗官員惶惶不可終日的逃亡生活就是一個很好的辦法，使那些潛在的貪官從一開始就認識到，即使貪了錢，也未必能過上想要的生活，不如不貪，做遵紀守法的官員。當然，反貪不僅要治標，還要治本，要從制度上建立「不能貪」的機制，而這任重道遠。

人有良心，在做了壞事錯事後，良心都會對他進行譴責，使他難成眠，懷有內疚，精神受折磨。與此相反，做一個好人，就不存在這樣的問題了。看來，「好人有好報」還是有一定道理的，起碼睡覺安穩，心理健康吧！

【例句】他過着「知足者常樂」的小康生活，不媚上，不欺下，也不求人，平生不做虧心事，半夜敲門不吃驚。

第四章

入

偉才

生

偉人
才生

前不見古人，後不見來者。
唐・陳子昂《登幽州台歌》

【字譯】古人：這裏指古代能夠禮賢下士的賢明君主。

【今譯】前面看不到古人，後面看不到來的人。

【故事】這首詩的全文為：「前不見古人，後不見來者，念天地之悠悠，獨滄然而涕下。」696年，契丹人攻陷營州。武則天派武攸宜征討，陳子昂擔任參謀。武治軍不善，兵敗，陳子昂向武進言，反被降為軍曹。詩人接連受挫，登上幽州台（遺址在北京），寫下了《登幽州台歌》等詩篇。幽州是戰國時代燕國的首都，燕昭王曾築起金台求士，他起用樂毅、郭隗，復興了燕國，後來燕太子丹禮遇田光和荊軻，試圖用他們來阻止秦國的東侵。陳子昂感到現在像燕昭王這樣的「古人」已再不可見，未來的賢明之主現在也見不到，自己真是生不逢時。他登台遠眺，只見宇宙茫茫無限，自己卻孤單寂寞，不禁悲從中來，愴然流淚。這首詩雖然簡短，卻是漢詩中的名篇。它本來是抒發個人懷才不遇的牢騷，卻因詩中的「宇宙意識」而突破了「小我」達到「大我」，可見詩歌有其自身的力量，它一旦形成，就會突破形成它的具體語境，而擴充出更多的闡釋空間。

【時析】電影《火星救援》說到人類登陸火星，飛船發生故障，需要救援，返回地球的事。裏面有幾個鏡頭，倒是令人想起陳子昂的這首詩。主人公孤身一人，坐在火星上眺望宇宙，那真是「前不見古人，後不見來者，念宇宙之悠悠，獨滄然而涕下」。想不到陳子昂的這首詩，還能適用於將來人類在外星球的移民。

偉人才
生

當然，「空前絕後」這樣的詞，有時經不起推敲。一般來說，「空前」是可以說的，比如，球王貝利、發明大王愛迪生，都可以說是極大地打破了他們之前的紀錄，甚至在很多年內，也不會有別人能夠打破他們的紀錄。但是對於後人來說，可能性總是存在的，因此，「絕後」就不一定，說話還是不那麼「絕對」為妙。

【例句】1969 年，美國三位宇航員成功踏上月球，此一壯舉至今仍無人超越，可稱得上是前不見古人，後不見來者！

無可奈何花落去，似曾相識燕歸來。
宋・晏殊《浣溪沙》

【今譯】花兒總是會無可奈何地凋落，而似曾相識的燕子又總會翩翩歸來。

【故事】勃列日涅夫當政的 18 年，是蘇聯的停滯期、矛盾積累期，看起來穩穩當當，其實危如累卵，蘇聯的滅亡，在他那時便已註定。在蘇聯解體前一年，《西伯利亞報》以「蘇共代表誰」為題開展讀者調查，結果顯示，認為蘇共代表全體人民的佔 7%，代表工人的佔 4%，代表全體黨員的佔 11%，代表黨政幹部的佔 85%！

1991 年 6 月，俄羅斯舉行首屆總統選舉。作為蘇共推出的候選人，蘇共中央政治局委員、卸任蘇聯總理不久的雷日科夫，得票率僅16.85%。蘇聯劇變後，俄共總書記久加諾夫多次參加總統競選，得票最高的一回也只有 31.96%。

偉 人 才 生

　　民心向背決定了蘇共「無可奈何花落去」，沒有一個「男兒」敢於並能夠逆歷史潮流站出來恢復蘇聯。蘇聯解體後，短暫地出現了懷念帝俄和立憲時期的現象，東正教也得到恢復成為國教，取代了共產主義意識形態，出現了「似曾相似燕歸來」的現象。

【時析】任何政權執政，都要有民意基礎，不僅專制國家如此，民主國家照樣如此。專制國家可以偽造民意基礎，以暴力恐嚇、脅迫人民服從它，民主國家雖然有選舉，但像特朗普這樣以微弱多數上台的總統，國內也有很多人不贊成他，他出台的政策很多都遭到人民的反對，遊行示威不斷。在「民意不服」的情況下，要人民服從，就需要統治者做出政策調整，真正為人民服務。在民主制國家，一個政黨和總統執政最多也就是兩屆八年或者十年，矛盾尚不至積壓成不可調和的，換一個執政黨或總統還會帶來新的希望。在專制國家，則恐怕幾十年上百年都是一個家族、一個政黨在統治，如果它本身不斷地與時俱進地變革，也許民眾的日子會好過一些，如果它不思進取，只顧自己的利益，成為人民身上的吸血蟲和既得利益者，那麼，很可能就重蹈蘇聯的覆轍了。

【例句】無可奈何花落去，似曾相識燕歸來，歷史不斷地輪迴，中華帝國的王朝一個個在更新中毀滅，在毀滅中更新。

清水出芙蓉，天然去雕飾。
唐·李白《經亂離後天恩流夜郎憶舊遊書懷贈江夏韋太守良宰》

偉人才生

【今譯】清澈的水裏面開出的芙蓉，純淨天然沒有一點修飾。

【故事】《羅馬假日》（Roman Holiday）是 1953 年由美國派拉蒙公司拍攝的浪漫愛情片，講述了歐洲某國的一位公主跟一位美國記者在意大利羅馬一天之內發生的浪漫故事。影片由格力哥利 · 柏（Gregory Peck，1916 － 2003，陸／台譯：格利高里·派克）和柯德莉 · 夏萍（Audrey Hepburn，1929-1993，陸／台譯：奧黛麗·赫本）連袂主演，取得了巨大的成功，成為好萊塢黑白電影的經典之作。看過電影的人，無不為柯德莉·夏萍的「清水出芙蓉，天然去雕飾」的表演打動，許多人看了一次不過癮，一連看了好多次，只為了她那清新自然、美麗樸素的表演。柯德莉·夏萍也因該片獲得了奧斯卡最佳女主角獎。1999 年，她被美國電影學會評為「百年來最偉大的女演員」第三位。晚年時，柯德莉·夏萍投身慈善事業，是聯合國兒童基金會親善大使的代表人物，為第三世界婦女與孩童爭取權益。柯德莉·夏萍被譽為女神，不僅因其聰明貌美，還因其氣質修養。她出生於比利時貴族之家，很小就練芭蕾舞，童年時父親拋棄她和母親出走，她小時就開始懂事，從無驕矜虛榮。她去世前留言說：「若要優美的嘴唇，就要講親切的話；若要可愛的眼睛，就要看到別人的好處；若要苗條的身材，就要把你的食物分享給饑餓的人。」

【時析】現在「人工美女」增多，「天然美女」減少。模特大賽或者螢屏上經常出現「撞臉」現象。很多人嘲笑說「這是一個看臉的時代」，確實，外表的美總是能第一時間抓住我們的眼睛。但是，外表的美是不耐看的，特別在這個容易「撞臉」的時代，雷同的外表美甚至會引起我們的「審美疲勞」。人們還是更加欣賞那些有特點、有性格、有氣質、有內涵的美女，像李英愛飾演的「大長今」，或者陳曉旭飾演

的林黛玉。這種內在的修養和氣質，不是單靠模仿就能很快學來的，必須是長期的學識、思考的結果，正是「腹有詩書氣自華」。東施效顰為甚麼大家不能接受？因為她只是模仿外表而不修內在啊！

【例句】杜甫的詩是千錘百煉，語不驚人死不休，李白的詩則是清水出芙蓉，天然去雕飾，自然而然。

無意苦爭春，一任群芳妒。
宋・陸游《卜運算元・詠梅》

【今譯】不想費盡心思去爭芳鬥春，一意任憑百花去嫉妒。

【故事】「無意苦爭春」其實也是陸游的自喻。陸游 28 歲時到臨安參加科舉考試，奸臣秦檜之孫秦塤也參加了這次考試。秦檜授意主考官陳之茂讓秦塤當第一，但是由於陸游的文章太好，陳之茂沒有聽從秦檜的安排。秦檜一怒之下，取掉了陸游的卷子，所以陸游不僅沒奪魁，連進士也不是。不過，殿試時秦塤也沒有得到狀元。到了孝宗時，陸游又為龍大淵、曾覿一群小人所排擠。在四川王炎幕府做事時，他想經略中原，又受挫於統治集團，不得遂其志。他晚年贊成韓侂冑北伐，但韓侂冑失敗，陸游又被誣陷。後來直到宋孝宗登基，起用主戰派，陸游才進入朝政。因為沒有科舉功名不好做官，當權派重新給陸游補了一個進士功名。可見，一首詩短短幾句的後面，站着一個人的一生。「梅花」即使凋零飄落，成泥成塵，依舊保持着清香。「群芳」隱喻得志小人，陸游不願與他們為伍，表露了他高尚品格和精神世界。

【時析】傳統的中國人比較內斂，「禮讓」文化發達，在進入現代社會之後，這種文化會讓個人喪失掉許多機會，因為現代社會生活速度快，是陌生人社會，人員流動性大，個性張揚才能給人深刻印象，爭取到發展的機會。再像傳統社會那樣「酒香不怕巷子深」，慢慢出名，出頭恐怕就要等到猴年馬月了。

【例句】無意苦爭春，一任群芳妒，你搞好自己的學習就行了，不要跟他們爭一日之長短。

夕陽無限好，只是近黃昏。
唐·李商隱《登樂遊原》

【今譯】夕陽下的景色無限美好，只可惜已接近黃昏。

【故事】現在得癌症的人越來越多，許多年輕人由於種種原因也得了癌，他們雖然尚在青春期，但已到人生的「黃昏」。那麼，應該如何來面對癌症和人生的終點呢？漫畫家熊頓（1982-2012），本名項瑤，2007年她因漫畫《熟女養成日誌》一炮而紅，被譽為中國版的高木直子。她在嘉興上大學，畢業後去了上海，2010年又成了北漂，本想成為宅女漫畫家，卻因沒錢不得不投身廣告業。2011年8月21日清晨，熊頓起床後便暈倒在地，被室友艾米送去醫院，檢查出患了淋巴癌，要住院治療。熊頓在醫院覺得很無聊，精神狀態不佳，就把自己住院治療的經歷畫了下來。身體好轉後，她回到住所休養，在電腦上將手稿上色，就成了人氣漫畫《滾蛋吧！腫瘤君》。很快點擊量就超過了270萬次，並且還在不斷增加。熊頓最愛的電視劇是《摩登家庭》，

唯一的願望是病好後嫁個好男人，生兩個孩子。2012 年 11 月 16 日，熊頓病逝。死前一天，她還笑着囑咐朋友要好好穿衣服。熊頓生前希望能將《滾蛋吧！腫瘤君》改編成電影，而且由白百合來演她。2015 年，電影《滾蛋吧！仲瘤君》拍完，講述了熊頓面對命運微笑的故事。由白百合和吳彥祖主演。

【時析】帝國餘暉、美人遲暮、英雄暮年……這些都會引起我們的慨歎，恨未趕上好時光。大唐盛世，那是唐詩的時代，有着青春的氣概；中世紀是經院哲學的盛世，學院裏辯論的盛況，後世難以比擬；十八世紀是啟蒙的時代，新的理想、觀念、詞語不斷湧現，令讀者激動難眠。上世紀八十年代中國大陸剛剛改革開放那幾年，人們對科學、文學和文化的狂熱，對西方新思潮的熱情，後來再也沒有出現過。其實，這種「今不如昔」的感受，很可能是一種錯覺。很多時代的人說，「江河日下」，「人心不古」，詛咒自己的時代道德崩壞，離黃金時代越來越遠。其實，從醫療、壽命、生活的便利來說，今天遠遠超過昨日，今天一個大城市裏的普通白領所享受的生活，比兩百年前的皇帝還要舒適。難怪現在出現了許多「穿越劇」，現代小白領非要穿越到落後的秦漢唐宋帝國時期，利用自己的「知識差」在古人面前取得優越感，就類似於十九世紀歐洲白人到非洲黑人土著面前找到了主人的感受一般。

【例句】表面上看，香港經濟依然不錯，但實際上社會內部出現了不少問題，文化影響力減弱，旅遊盛況不再，金融地位下降，是否已到了「夕陽無限好，只是近黃昏」的階段？

知我者謂我心憂，不知我者謂我何求。
周・佚名《詩經・王風・黍離》

【今譯】了解我的人，知道我心中憂愁；不了解我的人，以為我有甚麼要求的。

【故事】西周末年的周幽王因為愛美女褒姒而立褒姒之子為太子，廢皇后申后並廢原太子宜臼，導致申后之父申侯聯繫犬戎攻周，公元前771年，首都鎬京遭到蹂躪，戰火綿延。宜臼就位後，把首都向東遷到洛陽，東周就這樣開始了。東周的一個詩人，出差到故都鎬京，一眼望去，當年的王宮和宗廟已成廢墟，長滿了青青的黍稷，他在黍田裏踟躕徘徊，思索着周朝的歷史和命運，感慨萬分，引起旁人的疑惑。

【時析】《麥秀》、《黍離》，開啟了中國詩歌史上的「悼國詩」。連箕子的以「狡童」喻紂王，也開啟了屈原的《離騷》的「美人」「香草」隱喻體系。每次的朝代更替，都讓一代遺民詩人無法釋懷，而被「記憶女神」（詩神）所照拂，因此而有感人的詩篇。等他們的兒孫輩適應了新朝代，便「直把異鄉當故鄉」，全無他們父輩的「喜舊厭新」了。經過一兩百年後再次朝代更迭，他們的後輩又有了「遺民心理」——無論那滅亡了的朝代在他們祖先那裏是如何的令人痛恨。比如元代宋，明代元，清代明，民代清，都有一批這樣的遺民詩人。作為「記憶」的詩歌女神特別寵眷這樣的詩人，因為詩跟「記憶」、「眷戀」、「懷舊」、「感傷」有着本質的親緣關係。

中國詩詞中，哀悼朝代的不少，《麥秀》、《黍離》形成了一個傳統。《聖經・舊約・詩篇137》在西方也是，詩人拜倫就有對它的

複寫。就像濟慈筆下的「夜鶯」穿越不同的時空被弱女子路得和病詩人濟慈聽到，法國詩人維庸筆下的「命運」穿越不同時空令帝王屈膝，文天祥筆下的「正氣」穿越不同的時空澆灌到聖賢烈士身上一樣，「故國之悲」也穿越不同的時空擊中了遺民詩人的心靈，使他們眼含熱淚，難以自控。東海西海，何止心同理同，人生遭逢，也有「身受感同」。洹水、澧水、長江、恆河、尼羅河與巴比倫河，人煙稠密的江河之旁，國家興衰有時，城市成毀不定，人民聚而又散，天命來了又去，對於廢墟慟哭者來說，這許多條不同名字的河流，其實是同一條河流，這許多種不同語言的悲傷，其實是同一種悲傷。

【例句】雖然退下了官場，但他仍然憂心忡忡，心繫家國，別人認為是自找苦吃，他只能說「知我者謂我心憂，不知我者謂我何求」。

誰知盤中餐，粒粒皆辛苦。
唐・王之渙《鋤禾》

【今譯】有誰知道，我們盤中的米飯，粒粒都飽含着農民的血汗？

【故事】英女王伊莉莎白二世說，「節約便士，英鎊自來」。明朝開國皇帝朱元璋就是一個力行節約的典範。他的故鄉鳳陽至今還流傳着他請客的歌謠：「皇帝請客，四菜一湯，蘿蔔韭菜，着實甜香；小蔥豆腐，意義深長，一清二白，貪官心慌。」朱元璋給皇后過生日時，也只用這幾樣菜宴請眾官員。朱元璋這麼做，是因為他是農民之子，深知民間疾苦，痛恨官僚浪費。今天中國的官場，也有公餐「四菜一湯」的規定，禁止浪費。習近平上台後，曾經專門去北京一家有名的

平民小吃店「慶豐包子舖」吃工作餐，許多人認為，「慶豐」跟「清風」諧音，習近平這是在提倡「兩袖清風」的廉政作風。

【時析】現在全球富國窮國差距很大，像中國這樣的發展中國家，東西部生活差距也很大。一些富裕地區大吃大喝，一些窮困地區飯都吃不飽。在非洲，因饑餓而患營養不良和死亡的兒童也有不少。如果能夠勻起來，全球的糧食是夠吃的，可是現有國際政治和經濟體制下，富不能濟貧，富的撐死，窮的餓死。光是個人吃完飯打包帶走，省一點糧食，於大局無補，只是略表心意而已。要救窮，根本的出路還是提高單位面積作物產量，或改進現有國際體制。一方面是開源，一方面是節約。糧食方面，最主要的出路還是開源。而在電能方面，則全球的調配可能更加重要。比如，如果有全球電網，則在南半球夜晚時，可將電調配至北半球使用，反之亦然，這樣就能夠節省大量電能，亦可減少油氣發電產生的污染。

【例句】學校食堂牆上寫着「誰知盤中餐，粒粒皆辛苦」幾個大字，食堂做的飯菜卻難以下嚥，結果許多學生吃不完，都倒掉了。

爆竹聲中一歲除，春風送暖入屠蘇。
千門萬戶曈曈日，總把新桃換舊符。
宋‧王安石《元日》

【字譯】屠蘇：可指屠蘇酒，或屠蘇草及草庵草屋，此處當指草屋。曈曈日：指由暗轉明的朝陽。桃符：過年時，正月初一早上要將畫有神荼、鬱壘兩個神像的桃木板掛在門上，以求避邪。「總把新桃換舊符」是個壓縮句，原為「總把新桃符換舊桃符」。

偉人才生

【今譯】在爆竹聲中，舊的一年過去了，春天的暖風吹進了房屋。千家萬戶迎着旭日的光輝，人們都取下了舊桃符，換上了新桃符。

【故事】三百多年前，俄國人以保留寬闊而密實的大鬍子為榮，東正教甚至把鬍子看作是「上帝賜與的飾物」，把刮鬍子視為異端。但彼得大帝要進行西式改革，首先從生活象徵入手。他認為長鬍子是俄羅斯落後的象徵，便命令貴族們都刮掉大鬍子，改換西裝。大元帥謝英成了第一個犧牲品，為了他被剃掉的美髯，大元帥還痛哭了一場。彼得大帝宣佈：剪鬍子是全體居民的義務，要想保留鬍子就得交重稅。官吏和貴族每年要繳60盧布，平民30盧布。之後，彼得又剪短俄國人的傳統長袍，推行歐洲的禮儀服飾；宣佈廢除舊曆法，推行通用的西曆。

日本明治維新，採取了殖產興業、文明開化、富國強兵三大國策。其中文明開化是在文化教育、生活方式上革除舊有陋習，向現代西方看齊。明治皇帝命令臣民改曆、易服、剪髮，以表示日本走出中世紀，邁向現代化的決心。

1898年光緒帝重用康有為、梁啟超等改革派，搞了個「百日維新」。康有為建議光緒帝向彼得大帝和明治皇帝學習，改革先從外貌改起，以形成新氣象，首先就要斷髮易服，剪掉不合時宜又難看的長辮子，改掉寬衣博帶長裙，穿上便於工作的西服，與世界接軌。可惜當時大權在慈禧太后手裏，改革維新只持續了一百天，就失敗了。1911年辛亥革命後，剪辮、易服、用西曆才得以實行。

【時析】王安石的時代，宋朝積弊太多，衰弱不振，矛盾眾多。王安石在皇帝支持下，發動改革，力圖振作。他的這首詩頗有為改革張目鼓吹，開闢「新天新地新世界」的決心。用「春風」來喻改革，迄今猶然。比如，中國改革開放後，報紙和人民最常用的一句口頭禪就是「三中全會後，改革的春風吹進了千家萬戶」。鄧小平開啟的改革開放，在不到四十年的時間裏，已使中國從文革時期的經濟崩潰發展到今日的世界經濟總量第二，是中國歷史上繼商鞅變法後最成功的改革，也是世界歷史上最重要的改革之一。

【例句】爆竹聲中一歲除，她期待新年新氣象，自己的愛情和學業也有一個新的開始。

采菊東籬下，悠然見南山。
晉 · 陶淵明《飲酒》

【今譯】在東邊的籬笆下採摘菊花，悠然自得，一抬頭就看見南面的山坡很美。

【故事】廣東佛山一家企業的總經理捨棄百萬年薪，換上一身布衣，常年隱居終南山。這一時間成為一個熱門話題。時年38歲的他說起以前的生活：「我覺得生活像個永無止境的圓圈，追尋更好的工作、更好的車子……但最終不知道要去哪。」他在終南山的禪室是個茅草屋，棉門簾，屋裏有寬敞的大廳，另外兩側是廚房和客房。他的禪室位於山谷最高處，每天日出而作，坐禪沉思；日落而睡，安靜無擾。終南山自古都是著名的隱居修行之地，像這位年輕的企業家一樣在此修行

的人達數千之多。他們衣着樸素，飲食簡單，劈柴種地，養花搭棚，過着「采菊東籬下，悠然見南山」似的隱居生活。為甚麼很多人都嚮往這種隱居生活，偏安一隅？曾經有一位美國的漢學家、翻譯家在尋訪了終南山之後寫下《空谷幽蘭》，裏面給出了答案：因為每個人都需要學會與自己獨處，來認識自己的內心世界。

【時析】生活是不是必須要以賺很多的錢、以「成功」為目的？現代社會大部份人是如此，但也有少數人逆潮流而上，找到另外的生活目的和生活方式。在他們看來，現代人是把手段當成了目的，發生了生活的異化，走入了歧途，有矯正的必要。

在香港、上海這樣的大城市生活，走路的節奏很快，因為時間就是效率，效率就是金錢。可是這是必然合理的嗎？我們賺那麼多錢是為了甚麼？是為了享受生活。可是賺錢過程中的身心壓力，又似乎是在傷害生活。

因此在一些地方，出現了「慢生活」。生活不是在趕路，悠着點，隨時隨地都可以享受生活。比如廣東梅州就打出了「慢城市」的廣告。你到我們這個城裏來，過比較傳統的、慢悠悠的生活，勞逸結合，換換心境。

華人在西班牙、意大利、葡萄牙這些南歐國家開店，經常引起當地人的排斥和抗議，其中的一個原因，就是華人的店可以從早開到晚，而本地人會早早地關門。本地人認為華人只是賺錢機器，不重視與家人的團聚和休閒，這跟天主教傳統的價值觀不一樣。不只天主教重視享受閒暇，享受與家人在一起的時光，印度人也是如此。在傳統的印

度，人生分為四個時期，分別是學徒期、家居期、林棲期、雲遊期。第一個時期是學習本領的時期，第二個是娶妻生子養家盡義務的時期，第三個時期大約從四十歲開始，跑到森林裏修行去，找回自我。第四個時期則更自由，乾脆出家，四處雲遊，追求宗教境界去。在泰國、緬甸這樣的南傳佛教國家，亦有類似的生活習俗，總統出家也是常見的事。從這個角度看，也許，所謂「現代生活」，不過是基督教新教文明孕育出來並且傳播到某些國家和地區的一種現象，並不能說是一種必然的生活方式。

【例句】現代城市生活節奏快，走起路來都是「連奔帶跑」，偶然回到鄉下，似乎一下子來了個鏡頭切換，進入了「采菊東籬下，悠然見南山」的慢悠悠的舊時代。

枝上柳綿吹又少，天涯何處無芳草。
宋·蘇軾《蝶戀花》

【字譯】柳綿：柳絮。

【今譯】柳枝上的柳絮隨風吹走，愈來愈少，而天底下的芳草，卻哪裏都有。

【故事】小米手機是近幾年中國大陸很火的一個牌子，在印度等國家也頗為暢銷。小米的創辦者是雷軍。大學時期，雷軍讀到了《矽谷之火》，感染了蘋果公司的創業激情。在大學四年級的時候，他與他的同學創辦了三色公司，仿製金山中文卡，在武漢電子一條街小有名氣。

但後來出現了一家比他們規模大的公司，同樣的產品，這家公司價格低廉，銷售量更大。優勝劣汰，三色公司競爭不過，半年後決定解散。雷軍反思失敗的經驗教訓，決定徹底甩去舊攤子，從頭再來。大學畢業後，雷軍隻身闖蕩北京，加盟金山軟件，並出任總經理，一做就是十幾年。後來，他看到了智能手機和移動互聯網的商機，於 2010 年註冊成立了小米公司，創辦了自己的品牌小米手機。

【時析】做事業，在本地打不開局面，可以到外地去，在中國不成功，可以去非洲創業。只要有幹勁、闖勁和本領，何處沒有機會。蘇聯崩潰那幾年，中國的「倒爺」到蘇聯倒賣日常生活用品，一些人就此發家。非洲，一些中國人到那裏淘金，也發了大財。本國的礦被挖得差不多了，中國人就跑到澳洲和南美洲，在那裏的礦場尋找機會。短短四十年，許多中國人就從中國的小地方出發，跑到全球去開拓市場，做買賣，跟十八、十九世紀，歐洲人滿世界亂跑，尋找貿易和發財的機會十分相似，只不過沒有當時那麼血腥和野蠻而已。

【例句】老友見他被女朋友甩了，還藕斷絲連，痛苦不堪，就安慰他說：「人家是兔子不吃窩邊草，你應該是好馬不吃回頭草，放眼望去，天涯何處無芳草！」老友還補充說：「天涯何處無芳草，何必非在身邊找。本來產量就很少，而且品質還不好。」

人生若只如初見，何事秋風悲畫扇。
清·納蘭性德《木蘭詞·擬古決絕詞》

【字譯】畫扇：上面有畫的扇子。秋風悲畫扇：扇子夏天有用，到秋

天就被棄置一旁，引起秋風的悲憫。班婕妤是漢成帝的妃子，因受趙飛燕讒害而被漢成帝冷落，她在一首詩《怨歌行》中以「秋扇」比喻自己，後來人們就用「秋扇」比喻女子被棄。

【今譯】人生如果都像初次相遇那樣就好了，就不會有現在的相互厭棄了。

【故事】一個女人在報紙上登了一則廣告：「廉價出讓丈夫一名！」原來結婚二十年來，她的丈夫只喜歡旅遊、打獵和釣魚，每年有半年在外遊蕩，而她只想宅在家裏，感到孤獨。她原以為這麼糟糕的丈夫是沒人要的，沒想到第一天就接到了 62 位女士的電話，裏面有 23 位是誠心的。她們有的認為他有冒險精神，是勇者，可以依靠；有的認為他崇尚自然，有生活激情；有的覺得他愛好休閒，正是懂生活的。聽她們這麼說，這個女人才猛然發現，原來丈夫這麼有魅力，自己怎麼沒發現呢？第二天，她又補登了一則小廣告：「廉價轉讓丈夫事宜，因種種原因取消！」丈夫回來後問她，為甚麼不再「賣」他了，她溫柔地說：「如果我把你賣掉了，我又從哪兒再買一個這麼好的丈夫呢？」這個故事發生在美國馬里蘭州，那個很搶手的丈夫叫查理·亨勒爾，而那位幽默的太太叫露易絲·亨勒爾。

【時析】科學研究發現，男女在戀愛時會分泌一種荷爾蒙，使得「情人眼裏出西施」，產生光環效應，但它只能保持半年之久，此後就要由親情來維持感情了。因此，從長久看，夫妻之間的愛到最後也許就變成了一種朋友似的欣賞，也許尊重也很重要，它比愛更能持久吧。如果連欣賞都沒有了，對對方產生了厭煩心理，那麼，就會看甚麼都不順眼，處處挑剔，難以相處。

偉人才生

許多人在談到愛情的不再時，會說一句「人生若只如初見」，想起當初兩人一見鍾情的時候，怎麼就那麼投緣，無話不談，無時不談，山盟海誓，沒完沒了呢？甚麼時候起，為了柴米油鹽、房貸、孩子、父母，產生爭執，乃至成了對方的眼中釘，動輒得咎呢？這裏可能是將「初心」神化了，它很可能只是一種生理的、化學的、生物的反應，而真實的生活中的難題才真正能考驗人，建立起真摯的感情，相濡以沫的感情。可惜對此人們疏於反省，許許多多的婚姻，也就從夏天走到了冬天，從喜劇變成了鬧劇，乃至悲劇。

【例句】人生若只如初見，世間煩惱少一半。這夫妻倆十分恩愛，他們不僅天天見，還天天都如初見，因此生下孩子一大堆，天天熱鬧如過年。

回首向來蕭瑟處，歸去，也無風雨也無晴。——
宋·蘇軾《定風波》

【今譯】回頭望一眼走過來的風雨蕭瑟的地方，我信步歸去，既無所謂風雨，也無所謂天晴。

【故事】蘇軾三十歲時，已官至太守，而詩詞文賦名冠天下。但成也蕭何敗也蕭何，蘇軾因文字名滿天下，也因文字被貶放逐。他文字裏的清高，成了政敵們誣陷他的藉口。在轟動一時的「烏台詩案」後，蘇軾被流放至黃州，他開始在人生的低谷處反省，意識到自己的個性與官場格格不入。他開始內斂，以釋道之心處儒家之事，調整與世界周旋的態度。這兩句詞，表明蘇軾已看淡人生得失，寵辱不驚了。

偉人 人生 才

【時析】人在社會上生活，無論做事業還是人際關係，都總是有不順的時候，在不能一時改變外部環境的情況下，調整自己的心態很重要。晚清名臣曾國藩，有一次在鄱陽湖跟太平軍水戰，大敗，情急之下拔劍想自殺，幸得部下攔阻，才留了一命。後來，他總結了一個人生經驗，就是「得用時為儒，不用時為道，心境應為佛」。在經過了儒、釋、道三種世界觀長期融合的過程後，許多中國人獲得了這樣一種處事為人做事的經驗：以儒治世，以道治身，以佛治心。一方面積極勇猛地面對現實，介入現實，同時內心又不患得患失，這種「功成不必在我」的心態，寬猛相濟，對於中國人的心理健康起着很大的作用。

【例句】創業的事情啟動後，我就一往直前，也無風雨也無晴，成固可喜，敗亦不憂。

人生如逆旅，我亦是行人。
宋·蘇軾《臨江仙·送錢穆父》

【字譯】逆旅：客舍、旅店。

【今譯】人生就像是旅店，我也就是個行人，（途經旅店暫住而已）。

【故事】梅艷芳（1963-2003）獨步香港歌壇，她出生於旺角，小時候家境困窘。她頗具音樂天分，四歲時就登台唱歌，賺錢幫補家計。十九歲時，她在香港無線電視台舉辦的新秀歌唱大賽上奪冠，嶄露頭角。此後，她開始舉辦自己的演唱會，從個人形象設計到舞台裝飾，每次都給人煥然一新的感覺，人稱「百變梅艷芳」。她演唱十分拼命，

雖只活了四十歲，卻以全球個人演唱會總計 292 場當選「全球華人個人演唱會最多女歌手」。可能因為工作壓力大，她被診出患了宮頸癌，但她仍然堅持演出。2003 年 11 月，她還帶病踏上紅館舞台，舉辦「梅豔芳經典金曲演唱會」，次月就不幸病逝，才 40 歲。據說，她留下的最後一句話是：「既是這樣，我便走了。」

【時析】據說，當年徐志摩戀上林徽因，但後者已許梁思成，徐無限惆悵，寫了一首詩《偶然》來表達相愛的機會之不易與彼此珍重的必要：

> 我是天空裏的一片雲，
> 偶爾投影在你的波心——
> 你不必訝異，
> 更無須歡喜——
> 在轉瞬間消滅了蹤影。
>
> 你我相逢在黑夜的海上，
> 你有你的，我有我的，方向；
> 你記得也好，
> 最好你忘掉
> 在這交會時互放的光亮！

【例句】人生如逆旅，我亦是行人，行人在路上的邂逅，正如你我的相逢，請珍惜這能夠擦肩而過的緣分。

偉人才生

人生到處知何似，恰似飛鴻踏雪泥。
宋‧蘇軾《和子由澠池懷舊》

【今譯】人生在世，到處流浪漂泊，這像甚麼呢？不正如那到處飛翔的鴻雁，偶爾在雪地上落腳。

【故事】蕭紅 1911 年出生於黑龍江省呼蘭縣一個地主之家，二十來歲時，她兩次逃婚，一次到北京，一次到哈爾濱，後來認識了編輯蕭軍並與其成為情侶，在蕭軍幫助下，她開始文學創作，寫出了一批優秀的散文。1934 年，她跟隨蕭軍來到青島，寫出了中篇小說《生死場》。因青島局勢緊張，他們又跑到上海，期間得到魯迅先生的欣賞。抗日戰爭爆發後，蕭紅輾轉東西，與蕭軍分手後又有兩次愛情，但都未成正果。最後她流落到香港，1942 年因肺結核而死，年僅 31 歲。蕭紅生逢亂世，十年漂泊，無法過上安定的日子，卻為世界奉獻了現代文學經典《呼蘭河傳》，它是她留下的一個文字的豐碑。

【時析】物理學認為，宇宙裏的物質、能量、運動和資訊都能留下一絲痕跡，互相影響。人雖終有一死，但卻可以留下遺產。孔子說「三不朽」，立德、立功、立言，道德文章，立功立業，惠及後人。美國著名詩人朗費羅（Longfellow，1807-1882）在其名作《人生頌》裏，也認為人活一世，雖如腳過沙灘，但也應努力留痕，造福後人：

> 偉人的生平昭示我們，
> 我們能夠生活得高尚。
> 而當告別人世的時候，
> 留下腳印在時間的沙上。

(And, departing, leave behind us
Footprints on the sand of time)

也許我們有一個弟兄
航行在莊嚴的人生大海上,
船隻沉沒了,絕望的時候,
會看到這腳印而振作起來。

【例句】外公逝世了,他的事跡雖然恰似飛鴻踏雪泥沒有了痕跡,但是對我來說,他的形象和精神卻影響了我的整個人生。

人似秋鴻來有信,事如春夢了無痕。
宋・蘇軾《正月二十日與潘郭二生出郊尋春忽記去年是日同至女王城作詩乃和前韻》

【今譯】人就好像秋天的大雁一樣,有音信痕跡可尋。可往事卻像一場春夢,了無痕跡。

【故事】唐朝讀書人盧生上京趕考,在邯鄲一家旅館投宿,遇到姓呂的道士。盧生訴苦說自己窮困潦倒,只能靠科舉改變命運。道士聽後拿了一個瓷枕給盧生,說:「睡覺枕着它你會做個好夢。」天快黑了,店主正準備煮黃米飯。盧生睡覺做起了夢——他回家沒多久,就娶了清河「白富美」崔氏為妻,不久又中了進士,一路升官做了節度使。有一年他大破戎虜,官至宰相。他先後生了五個兒子,個個都成材做了官,又有了十幾個孫子。然而到了八十多歲時,他得了重病,十分

痛苦，眼看就要死了，他突然驚醒，才知是一場夢。這時，店主的黃米飯還未煮熟。盧生感到十分奇怪，問：「這難道是場夢嗎？」道士對他說：「人生不就是這樣嗎？」

【時析】古代人沒有錄音、錄影設備，也沒有網絡，那時竹簡、帛和紙都不便宜，筆錄起來不方便，因此，說過的話、見過的人一般都只能憑雙方的記憶，「事過境遷」，如水過無痕，一旦記憶模糊，就跟沒有發生過差不多了。如果說古代是「事過無痕」，現在互聯網則出現了相反的情況：「痕」得太深抹不掉。一些負面資訊是難以消除的，給當事人造成了「記憶」太多的痛苦。當許多人渴望「成名」「聞名於世」的時候，另一些人則希望「隱名」，「神隱」於網絡。

「人似秋鴻來有信」，現在親友可能不常見面，隔着老遠的距離，但是有手機、電腦、網絡設備，可以隨時隨地以短信、微信等方式保持着「親密接觸」，讓人覺得生活是真實的，而不是如煙似夢的。

【例句】大多數人活了一輩子，都只是事如春夢了無痕，可是也有極少數人，在死去多年之後，仍能留下建築的紀念碑或者文字的紀念碑，成為歷史記憶的一部份。

少年不識愁滋味，愛上層樓。
愛上層樓，為賦新詞強說愁。
宋·辛棄疾《醜奴兒·書博山道中壁》

【字譯】少年：指年輕的時候。層樓：高樓。強說愁：無愁而勉強說愁。

偉人才生

【今譯】年少時不知道憂愁的滋味，喜歡登高遠望。喜歡登高遠望，為寫一首新詞無愁也勉強說愁。

【故事】愛爾蘭詩人葉慈（William Butler Yeats，1865-1939）的詩歌，早晚有很大差別，頗與辛棄疾所說類似。葉慈早年，詩風浪漫，用詞華美，善於營造夢幻意境。1889 年，葉慈結識了茅德·岡小姐，她是愛爾蘭獨立運動的女首領。葉慈對她傾慕不已，四次向她求婚，均遭拒絕。他為她寫了著名的《當你老了》，表達自己愛的是她的靈魂。在茅德·岡和愛爾蘭獨立運動的影響下，加上認識了美國意象主義詩人龐德，葉慈的創作風格在中年時發生了激烈的變化。他擺脫了貴族立場，關注政治，關注普通人卑微的生活。他的詩中出現了一種精微的具體性，用詞質樸，準確有力。進入晚年後，葉慈以一種更加個人化的風格寫作。寫給女兒的《為吾女祈禱》，用語簡要，摯樸感人。他還用詩表述對時間、衰老的感受。葉慈的詩愈到晚年愈好，是現代主義大師之一。

【時析】人生在世，說到基本的需求，其實並不多。衣食住行都是如此。比如，一個人所必需的空間並不多，一張床、一張桌、一個衛生間就夠了。美國企業家格雷厄姆希爾曾經創辦過兩家互聯網公司，掙了大錢，買過三百多平方米的大房子，裝滿了各種各樣的東西，連買東西都要雇用私人助理，但他最後發現這些物質上的東西不能讓他快樂，打理它們反而讓他不快樂。後來，他領悟到他需要的空間其實並不多，因此，他住進了一間 40 平米的房子裏，床和傢俱都是可以折疊的，他只有 6 件白襯衫，10 個碗。這樣他可以專注地幹事業，感覺也幸福了很多。

　　　　偉　人　才
　　　　　　　生

【例句】你寫的這些詩，我分析了一下，都是「為賦新詞強說愁」，除了意象的堆砌外，沒甚麼實質內容。

此心安處是吾鄉。
宋·蘇軾《定風波》

【今譯】只要是讓心安定的地方便是我的家鄉。

【故事】漢元帝時，匈奴人呼韓邪與漢朝友好，他親自來到長安，要求同漢朝和親。元帝同意了，決定挑選一個宮女當公主嫁給他。宮女們都不願遠嫁異族，只有一個主動請願去，她就是王昭君。昭君在漢朝和匈奴官員護送下離開長安。一路上，她從馬車裏向外觀看，看到大漠長河、草原氈房、牛羊成群、駿馬奔騰，心中喜歡。婢女卻對她抱怨說，塞外黃沙莽莽，晚上嚴寒，中午酷暑，度日如年。昭君說：「為何你只看到這裏的不好，而看不到它的好呢？人們怕到陌生之地，只因環境、生活不習慣，其實，只要習慣了，到哪裏不是一樣呢？」昭君把中原文化傳到塞外，促進了雙方的友誼，六十年沒有戰爭。昭君死後，匈奴人專為她修了青塚，迄今猶存。

【時析】希臘語詩人卡瓦菲斯在《城市》裏對一個厭棄家鄉，想通過換一個城市來獲得新生的人這樣說：

　　你不會找到一個新的國家，不會找到另一片海岸。
　　這個城市會永遠跟蹤你。
　　你會走向同樣的街道，

偉人 才生

衰老在同樣的住宅區，
白髮蒼蒼在這些同樣的屋子裏。
你會永遠結束在這個城市。不要對別的事物抱甚麼希望：
那裏沒有載你的船，那裏也沒有你的路。
既然你已經在這裏，在這個小小的角落浪費了你的生命，
你也就已經在世界上的任何一個地方毀掉了它。

（黃燦然譯）

所以關鍵還是在心態。心態不改，一個人到哪兒都會過得一樣。心態變了，故鄉也能變成「異鄉」，「異鄉」也能變成「故鄉」。

傳統中，「故鄉」意味着「家」，是一個最熟悉也覺得最安全的地方，而「異鄉」則意味着流浪、陌生與不安全。古代宗教和哲學中，都設置了一個人被逐出家鄉，到「異鄉」流浪，再意圖回到「家鄉」的「回鄉記」敘事。人在外不舒服，就會得「鄉愁」，生「懷鄉病」。

可是全球化將故鄉和異鄉的差別逐漸抹平了。如果「異鄉」接納了我們，它也就會變成我們的故鄉，他鄉處處是故鄉。如果你在家鄉覺得不舒服，那它也會變成「異鄉」。或者，如果你用「異鄉人」的眼光來看家鄉，那你可能會發現它許多不一樣的地方，變成一個「異鄉」。

【例句】我們為了學業、事業奔波遊走，甚至背井離鄉，但此心安處是吾鄉，心在哪裏，人生就在哪裏。

偉人才生

冠蓋滿京華，斯人獨憔悴。
唐·杜甫《夢李白·其二》

【字譯】冠：官帽。蓋：車上的篷蓋。冠蓋，指代達官。斯人：此人，指李白。

【今譯】京城（長安）達官貴人比比皆是，只有你潦倒失意。

【故事】海子（1964-1989），原名查海生，出生於安徽省懷寧縣查灣村。他 15 歲時考入北京大學法律系，讀書時開始寫詩。1983 年畢業後到北京中國政法大學工作。在這裏他創作了一批優異的詩歌。1989年 3 月 26 日，他在山海關臥軌自殺，年僅 25 歲。海子死後，人們發現他的房間裏沒有電視機，連收音機都沒有，他是在貧窮、單調與孤獨中寫作的。他菲薄的工資還要接濟在農村裏的家人。有一次，海子到一家飯店對老闆說：「我給你朗誦我的詩，你給我酒喝。」老闆冷冷地對他說：「我可以給你酒喝，但你不能在這裏朗誦你的詩。」海子生前，欣賞他的就很少，一些人批評他寫得太傳統。海子死後，他的詩被廣泛傳誦，尤其得到年輕人的熱愛，還進入了中學語文課本。

【時析】一個人的擇業能否成功，跟他對自身才能的了解有關，他也要對所做選擇的後果負責，不應連累他人。在人生的目標上，不同的人有不同的選擇。有的人以「成功」為目標，只要能得到功名富貴，甚麼都可以犧牲，包括出賣人格和良知。有的人卻堅持自我，有個性，不與世界同流合污，但卻處處碰壁，在現實中一敗塗地。

像演藝、藝術（美術）、模特這樣的行業，看上去光鮮，其實也都是「金字塔」結構，真正能夠出名獲利的只是塔尖上那麼幾個人，大部份人都在塔底掙扎求存，真是「一將功成萬骨枯」。現在「北漂」、「海漂」、「廣漂」和「港漂」不少，一方面是為夢想而奮鬥，一方面也不乏盲目性。應該根據自己的興趣愛好與才能，選擇相應的奮鬥目標，對於演藝、藝術、模特這類競爭性很強的行業，或者文學這類較冷僻的行業，要先做好「斯人獨憔悴」的心理準備。這樣，成固可喜，敗亦不懼，心理上可以承受。

【例句】為了實現當畫家的理想，他在十年前辭職，來到北京成了一名「北漂」，不過畫家要成名可沒那麼容易，他還是過得那麼窮愁潦倒，可以用「冠蓋滿京華，斯人獨憔悴」來形容。

男兒有淚不輕彈，只因未到傷心處。
元·李開先《寶劍記》

【今譯】男孩子是不輕易流眼淚的，只是到了真正痛心的時候才會哭。

【故事】張學森是張學良的四弟，從小關係就好。1948年，張學森前往臺灣看望張學良。那時張學良被幽禁，張學森雖想盡辦法，也未能與張學良見面。1962年，張學森得到消息，軍統同意他去台北見張學良。這是他們闊別三十年後第一次重逢。1993年，張學良去了美國，張學森一家幫助他在夏威夷安度晚年，他們經常聚會，品茗聽戲、閒話家常。後來張學森回大陸參加抗戰勝利座談會，與大哥握手辭行。張學森回大陸不久，突發冠心病，經搶救無效病逝。張學良知道後，

即使在長期幽禁中也從不掉眼淚的他，忍不住老淚縱橫，因為張學森與他雖同父異母，但卻患難與共，幫助他最多。

【時析】「男兒有淚不輕彈」這句話，是否暗含着性別歧視呢？為甚麼女兒就可以輕彈，人們視為正常，而男兒一哭，人們就認為「娘娘腔」呢？這可能跟傳統社會裏男人承擔養家糊口的責任，在社會上打拼，不能顯得太脆弱有關，也跟傳統的性別教育有關，跟對男孩子的社會期待有關。其實心理學早已揭示，要哭就哭，流淚有助於釋放壓抑情緒，幫助心理健康。長期壓抑着不哭，可能積累更多的負面情緒，帶來亞健康。那是不是可以「男兒有淚隨便彈」呢？當然不是，天天「以淚洗面」，多愁善感，學習、工作怎麼正常進行？可見淚彈多了也就顯不出力量了。傳統中「男兒淚彈」之所以有力量，就是因為「不輕彈」，一彈就如導彈發射，太有力量啦！

　　能否進行「情緒訓練」，比如，開辦「笑的培訓」，以改善心情，開辦「哭的培訓」，以渲瀉負面情緒？

【例句】男兒有淚不輕彈，只因未到傷心處，想到在此一別，不知何日能重逢，兄弟倆默然流淚。

第五章

社會

結交

野火燒不盡，春風吹又生。
唐·白居易《草》

【今譯】原上的草是野火燒不完的，只要春風一吹，它們就又生出來了。

【故事】蘇聯勃列日涅夫統治時期（1964-1982），對外擴張，對內嚴控，對「持不同政見者」全面打壓。1965年，當權者逮捕了兩位作家西尼亞夫斯基和達尼埃爾，抓走二十多人，開除四十多名大學生，這次事件成為蘇聯「持不同政見者運動」的開端。1974年2月，蘇聯剝奪了索爾仁尼琴的蘇聯國籍，把他驅逐出境。1980年，蘇聯逮捕了自由主義科學家薩哈羅夫。除了逮捕，還經常把「持不同政見者」關進瘋人院。不過，鎮壓的結果是適得其反，「不同政見者」越抓越多，層出不窮。據克格勃統計，1967年被官方認定的反蘇組織有502個，到了1974年竟達到4408個。市民們大多並沒有參加各種組織，但他們對閱讀各種地下讀物非常有興趣，而官方報刊令他們昏昏欲睡。他們白天上班時說官話，冠冕堂皇，傍晚下班後在廚房裏才敢說真話，抨擊各種不公，交流各種政治笑話，這成為「持不同政見者」廣泛的民眾基礎。勃列日涅夫死後，僅僅過了九年，貌似龐大的蘇聯在一夜之間就崩潰了。

【時析】大禹治水，不是靠「堵」，而是靠「疏導」的辦法。在專制社會，皇帝為了自己的統治，防民之口甚於防川，恨不得把百姓的口貼上封條，讓他們永遠沉默，這不過是在積累矛盾，積壓仇恨，一旦火山爆發，皇帝的身家性命都難保。歷史的經驗夠多的了，西方人學乖了，後來逐漸發明了君主立憲制、共和制、民主制、三權分立這些

制度來解決專制問題，讓權力逐漸得到了約束，人們的各項自由逐漸得到了保證。相對來說，民主制是一項最不壞的制度，能保障人們的基本自由。而在一些傳統的君主制和專制國家，社會矛盾依舊靠暴力或壓制來解決，即使「疏導」，也只是拉一批、打一批、孤立一批，永遠都在解決問題的同時製造新的問題，社會總是處於緊張和敵對的狀態。如果不進行政治改革，一旦碰上經濟危機或突發事件，社會的動盪就會不遠了。

【例句】他寫作文總是錯字不斷，這次剛剛糾正了這個錯字，下次又冒出來那個別字。老師在評語裏諷刺他說：「你的錯別字我怎麼揪也揪不完，真是『野火燒不盡，春風吹又生』啊！」

朱門酒肉臭，路有凍死骨。
唐·杜甫《自京赴奉先縣詠懷五百字》

【字譯】朱門：紅漆大門，指富貴人家、大戶人家。臭：有兩個發音，分指兩義。如果發音 chòu，則指酒肉腐爛發臭；如果發音 xiù，則指酒肉發出的氣味。

【今譯】富貴人家酒肉吃不完，腐爛發臭，路上卻有窮人們凍死的屍骨。（或譯：富貴人家飄出酒肉的香味，路上卻有窮人們凍死的屍骨。）

【故事】中國在十八大以後，大力反腐，揭露出來的貪腐觸目驚心。貪污上億上百億的官員不少，他們極其奢侈，揮金如土。內蒙古政府副秘書長武志忠在北京、呼市的幾處儲藏室，裝滿了成捆的現鈔、金

條、銀條,裏面翡翠、瑪瑙、雞血石、象牙、瓷器、古董琳瑯滿目,
應有盡有。山西省金融機構書記上官永清,不但用三億九千萬從國外
購買公務機方便自己用,還長期飲用從韓國空運的牛奶。擁有「LV女
王」頭銜的遼寧撫順市政府副秘書長江潤黎,專門將一套190平方米
的房子用來存放奢侈品。她的存貨包括48塊勞力士手錶、253個LV
手提包、1246套名牌服飾和六百多件金銀首飾。與此同時,在中國
七千多萬貧困人口當中,一些人正在為一日三餐發愁。2016年8月26
日,甘肅康樂縣農婦楊改蘭因家裏極度貧困,領不上扶貧款,生活無
望,在殺死四個親生的孩子後自殺身亡,幾天後,其丈夫也服毒身亡。
雖然他們的死跟當地政府沒有必然聯繫(因為別人在同樣處境下不一
定自殺),但貧困使他們陷入了絕境卻是真的。

【時析】二戰以後,尤其中國改革開放後,全球化加速。全球化加上
舊有的經濟結構,使得各個國家的財富分配出現了很大的變化。國際
上常用基尼係數測定社會居民收入分配的差距,通常把0.4作為分配
差距的「警戒線」。國家統計局公佈,中國2015年為0.462,2014年
為0.469。這個資料普遍認為報低了。北京大學中國社會科學調查中心
發佈《中國民生發展報告2014》稱,2012年中國家庭淨財產的基尼
係數達到0.73,頂端1%的家庭佔有全國三分之一以上的財產,底端
25%的家庭擁有的財產總量僅在1%左右。與中國相比,俄國基尼係
數更大。2012年,佔總人口1%的富人掌握着全國71%的財富,基尼
係數為0.84。美國也不低,2011年以來,前1%的家庭擁有稅前收入
10%,前10%的家庭擁有稅前收入50%。2016年,美國智庫政策研究
學會(IPS)報告,美國最富有的20個人淨資產總額高達7320億美元,
超過1.52億底層美國人的財富總和。

　　一般分析認為，美國的創新活動導致了暴富的機會，在相對比較公平的制度中，仇富的心態很少。相反，中國和俄國，由於致富在很大程度上跟制度的不公平、機會的不均等相關（如權力資本、尋租、貪污腐敗），因此貧富差距導致階級意識的增強，使社會上蘊釀着火藥的味道。

【例句】現在中國的貧富分化不是絕對的，並沒有「朱門酒肉臭，路有凍死骨」的餓死人的現象，有的只是相對貧困，權貴階層進出高檔飯店，小老百姓在家粗茶淡飯。

我勸天公重抖擻，不拘一格降人才。
清‧龔自珍《己亥雜詩》

【字譯】天公：老天爺，這裏指皇帝。降：降生。

【今譯】我勸老天（皇帝）重新振作，不拘一格地降生（薦用）人才。

【故事】鴉片戰爭後，受到西方列強欺負的清朝曾經進行過一系列的改革，試圖振作精神，提升國力，以跟列強競爭，於是有了洋務運動和「同光中興」。但是這一系列的改革都只是修修補補，清朝並不想從根本上改變其專制政治，國家大事還是太后等人說了算，經濟改革也不過是權貴壟斷的官辦企業和「官督商辦」，並沒有放權讓百姓去幹。甲午戰爭被小小的日本打敗後，全國上下才有了真正改革的心願，但是滿清權貴仍不想放權，只是經過八國聯軍的重創之後，以慈禧為主的滿清權貴才確立了向日本學習，準備立憲的方針，但是為時已晚，「改良」被「革命」超過了，辛亥革命一聲炮響，就把滿清推翻了。

結社會交

如果滿清的立憲順利實行，中國現代史也許是另一番樣子，走上日本的道路，不會像後來那樣動盪。其中的一個原因，是因為1905年清朝確定預備立憲的前後，老一輩的政治權威如慈禧、張之洞、劉坤一、李鴻章、光緒都或者已死，或者將死，新一輩的人才或者權威不足（當時袁世凱被趕走），或者經驗不足，或者見識不夠，上台的滿清貴族不少是二三十歲的年輕人，無法令人們信服，出現了巨大的「人才斷層」，類似「皇族內閣」這樣的政治鬧劇不斷，清朝人心盡失，失去了改革的最佳機會，「君主立憲」曇花一現，就從中國歷史上消失了。

【時析】一些印度學者在談到印度為何跟中國發展差距大時指出，一個原因是印度的種姓制度使印度的人才基數小，很多職業和事業只有某些特定種姓才能做，這就造成了這些行業人才的匱乏和限制。其實中國也存在類似的問題，比如很多重要的崗位和職位只有黨員才能擔負，這就把大多數國民都排除在外了。印度雖然硬件建設很差，但在思想和言論自由上做得很好，知識份子能夠自由思考，而中國雖然在教育、文化上投入了鉅資，卻沒有解決思想和言論自由的問題，知識份子總是有顧慮，呼喚思想家和學術大師呼喚了這麼多年，卻難得見到真正的思想家和學術大師，有的只是為政策做論證的「策論家」。在教育方法上中國也存在一系列弊端，總體來說，束縛還是很多。有人研究過，現代中國人真正在科學上做出成就的，幾乎都是在國外留學過的，很少有在中國本土做出成就的。這就證明本土的環境並不適合創造性的思考，其中的原因有多方面的，值得深思。

【例句】如果人民有言論和出版自由，思想家就會源源不斷地湧現，你也不用「我勸天公重抖擻，不拘一格降人才」，搞那麼多專案工程、人才引進計劃真有用嗎？

結 社會
交

舊時王謝堂前燕，飛入尋常百姓家。
唐‧劉禹錫《烏衣巷》

【字譯】王謝：指王導和謝安，兩人都是晉朝宰相，兩家都是六朝巨室。
尋常：平常。

【今譯】從前在王、謝兩大家族的大堂前築巢的燕子，如今已飛進平
常百姓人家。

【故事】「舊時王謝堂前燕，飛入尋常百姓家。」可能是一個王朝輪
迴的現象，在不發生動亂的國家，可能正好相反。1964 年英國 BBC 拍
攝一部紀錄片 7 UP（七歲起），片中訪問了 14 個在英國來自不同社
會階層的七歲小孩（有來自孤兒院的孤兒，也有上層社會的小孩），
談談他們的生活和夢想，此後，每七年回去重訪那些長大了的小孩，
直到今年他們四十九歲。該片的初衷是想揭露和批判英國階層社會的
凝固與腐朽：富人的孩子還是富人，窮人的孩子還是窮人。40 年拍攝
下來基本上得到了印證，富人孩子基本不會偏離精英社會的培養期望，
窮人孩子仍然無法脫離底層社會的命運。（只有一位孩子是例外，由
窮人的孩子成了教授。）在中國情形亦是如此，官二代、富二代，日
趨固化。「寒門再難出貴子」的帖子，在公共論壇引起強烈而長久的
共鳴。這是否表明，在社會不發生大動盪的條件下，階級有「固化」
的規律？

【時析】《烏衣巷》這首詩的意思，是說沒有長開不敗的花，也沒有
永久的富貴榮華。中國的王朝輪迴，大概過幾代就輪一次，整個社會
從權力到財富都要重新洗牌，因此，就發生了詩中所描述的現象。

111

社交結會

中國有句俗語,「富不過三代」,又說,「君子之澤,三世而斬」,大抵第一代胼手胝足,辛苦創業,創下家業,並為子女提供良好的教育,第二代發揚光大,擴大家業,但其子女因從小家境優越而驕生慣養,染上各種壞毛病,因此難以挑起「再創輝煌」的重任,加上外部環境的變化,平庸者尚能「守成」,品質有問題的就是「敗家子」了。如果以一世(或一代)為三十年來算,三世將近一百年,能在三代人之內前赴後繼,維持尊榮,那也是十分難得的了。現代社會變化萬千,大家族也少見,一般以核心家庭為主,家庭的衰榮也往往更換得快。君不見大陸這六十多年來官場和商場的變化如走馬燈一般令人眼花繚亂嗎?比較典型的「三代發家史」是這樣的:爺爺一代靠「革命」造反起家,當上官員,雖然「文革」中受到衝擊,但「改革開放」後重出江湖,兒子一代靠著父親的支持搞「洋務運動」,下海經商,發了大財,再把孫子一代送出國留學,成為專業人士。比較典型的「衰興史」是這樣的:利用家庭背景(紅二代、官二代)攫取政治與商業資源,或抓住了某一個機會(從炒股到炒房),而突然成為大官或暴發戶,忽然某一天「出事」被查,鋃鐺入獄,子女家人因參與貪污受賄,也一併受累,真是「其興也勃焉,其亡也忽焉」。不用三世,一世就做到了「舊時王謝堂前燕,飛入尋常百姓家」,真是一個加速度的時代。如何應對這個迅速變化的時代?最好的方法恐怕還是做好子女的教育,因為金錢如浮雲,富貴如流水,但人頭腦中的智慧,是怎麼也不會溜走的。頭腦中有智慧,人聰明,總能找到興旺發達的機會的。從這個角度說,曾國藩就很聰明,他死前立下遺囑:子女不得從政,要搞教育文化,結果他的後代都有很高的文化程度,從事教書育人的事業的多,提升了湖南整整一個省的文化水準。跟曾家相似的還有江浙的錢家和盛家。跟權力、財富的「富不過三代」相比,「文化世家」可能會傳承的時間長久一些,畢竟,智慧的家風比權錢來得靠譜。

結社
會交

【例句】晚清滿族貴族衰落，一些人變賣家產，一些珍貴的古董字畫流落民間，堪稱「舊時王謝堂前燕，飛入尋常百姓家」。

苦恨年年壓金線，為他人作嫁衣裳。
唐·秦韜玉《貧女》

【字譯】苦恨：非常懊惱。壓金線：用金線繡花。壓是刺繡的一種手法，這裏作動詞用，是刺繡的意思。

【今譯】（貧窮的織衣女）深恨年年手裏拿着金線刺繡，都是替別人做新娘禮服（自己卻穿不起）。

【故事】1908 年，美國詩人龐德（Ezra Pound，1885-1972）從美國移居倫敦，熱心文學活動的他花了很多時間鼓勵身無分文的年輕作家，比如勞倫斯、福斯特、海明威和弗羅斯特，幫助他們找出版，寫書評，甚至幫他們找人付房租。他幫助喬伊絲出版了《尤利西斯》。艾略特（T.S.Eliot，1888-1965）1915 年認識龐德，龐德不但促成他完成了詩《普魯弗洛克的情歌》，在 1922 年，當艾略特帶着《荒原》八百多行的詩稿到巴黎找龐德時，龐德給他大刀闊斧地進行了刪改，刪掉了三百多行，只留下 434 行，突出了主題。《荒原》發表後取得了巨大成功，成為二十世紀西方詩歌名篇。1948 年艾略特主要憑藉《荒原》和《四個四重奏》獲得了諾貝爾文學獎。

【時析】「為他人作嫁衣裳」指辛苦勞動，卻是為了別人的好，後來常常被用來指編輯的工作。編輯要做好一本書是不容易，要逐字逐句

113

地改稿，作者出名，編輯隱名。在暢銷書的後面，從選題到文字校對，都有編輯的功勞。編輯有沒有出名的呢？偶爾也有，比如中國大陸在八十年代「文化熱」中，出現了一系列的文化類的暢銷書，如金觀濤主編的《走向未來》叢書（四川人民出版社），在 1984-1988 年間出版了 74 本書，鍾叔河主編的記載近代中國出洋看世界的《走向世界》叢書（湖南人民出版社）出版了三十多種，在當時知識界產生了很大影響。再如八十年代大陸著名的雜誌《讀書》的主編沈昌文，都是「一代名編」，對學界和大眾產生了很大影響。可見，編輯雖然是「為他人作嫁衣裳」，但也不見得就一定要像織衣姑娘那樣隱身在漂亮的衣服後面。

【例句】責任編輯對作者的文稿進行修改和潤色，使它大大地增輝，這種「為他人作嫁衣裳」的精神，贏得了作者真心的感謝。

橫眉冷對千夫指，俯首甘為孺子牛。
民國・魯迅《自嘲》

【今譯】橫着眉頭冷冷地面對眾多敵人的指指點點，卻低下頭來願作小孩子的牛馬。

【故事】孺子牛，出自《左傳》哀公六年。「孺子」指春秋時齊景公的幼子荼。齊景公非常愛幼子荼，一次自己裝作牛，口裏銜着繩子，讓他牽着玩。不巧幼子荼跌了一跤，因此扯掉了景公的牙齒。

魯迅晚年得子，起名「海嬰」。海嬰是魯迅的獨子，他非常寵愛，

跟友人說他為孩子「加倍服勞,為孺子牛耳」。魯迅喜歡跟人論戰,
雜文大半都是跟人論戰的,處處樹敵,因此他說自己「橫眉冷對千夫
指」。「俯首甘為孺子牛」則指他對自己的孩子那卻是另一個態度,
不僅俯首低頭,還可以讓孩子騎在自己身上,一副慈父的模樣。後來,
毛澤東出於政治需要,對這兩句詩作了深化,他說「千夫」是指敵人,
「孺子」是指無產階級人民大眾,並號召「一切共產黨員,一切革命家,
一切革命文藝工作者,都應該學習魯迅的榜樣,做無產階級和人民大
眾的『牛』,鞠躬盡瘁,死而後已」。

【時析】「愛」與「恨」是兩種對立的情感,一般情況下是分明的,
比如,對敵人要恨,對朋友要愛。在有的情況下,對同一個事物可能
是「愛恨交織」,比如男女交往中,如果男方是個缺點不少的好人,
那女方可能對他就「愛恨摻半」了。在政治哲學上,一些思想家和政
治家把「敵」「我」矛盾上升到「你死我活」的地步,如德國的施密
特和中國的毛澤東。而基督教的創始人耶穌卻提倡聖愛哲學(agape),
強調不要跟人結仇,如果有人打你的左臉,你把右臉也伸過去讓他打,
提倡不管事物善惡如何,都要不分區別地愛。這跟道家的「以德報怨」
一樣,是一種「愛的理想主義」。但在堅硬的現實生活中,一味地退
讓、忍讓有時候不僅不能解決問題,反而讓壞人得寸進尺,好人吃虧。
因此,在實在無法勸說壞人、制止壞人的惡行時,還是應該採取儒家
的「以直報怨」的做法,該繩之以法的就當繩之以法,不能姑息,不
能做「老好人」或「鄉願」。

【例句】如果你的心理承受力不夠,你很難做到「橫眉冷對千夫指」,
如果你的愛心不夠強大,也很難做到「俯首甘為孺子牛」。大概只有
魯迅這樣的「超人」才能做到吧!

誠知此恨人人有，貧賤夫妻百事哀。
唐・元積《遣悲懷三首・其二》

【今譯】雖然知道生死相隔的悲恨人人都會有，但想起我們做貧賤夫妻的每一件事情都會讓我特別悲哀。

【故事】《遣悲懷》是元積悼念其亡妻韋叢的詩。她二十歲時嫁給元積，七年後去世，當時元積窮困，處境不好。韋叢死後，元積處境變得稍好，常常想起亡妻，但她已無法享福了。元積說：往昔我們戲言過身後的事情，今天都一一來到了眼前。你穿過的衣裳我施捨給了別人，沒剩下幾件，免得見了傷心；你留下的針線，我封了起來，不忍看到。想着我們舊日的情意，我對婢僕也格外善待；感慨你跟我受盡貧苦，夢中我為你送去錢財。我知道夫妻永訣人人都一樣地傷懷，像我們這樣的貧賤夫妻，百樣事便能有百種悲哀。

【時析】元積的悼亡詩跟蘇東坡、哈代（Thomas Hardy）一樣，都是情真意切的詩中名篇。俗話說，「衣不如新，人不如故」，夫妻情如手足，一同生活多年，生活習慣、性格才情俱已熟悉如同自己，一旦亡失，所到之處，音容恍在，一切美好，都已不能共用，心中失落之情，油然而生，由悲傷而生悼亡詩。

　　現在，「貧賤夫妻百事哀」這句詩早已改變其原意，而變成為「貧賤夫妻事事都不如意」，面對高房價、高物價和低收入，貧困夫妻節衣縮食，捉襟見肘，上不足以養老，下不足以養小，當然會「事事哀」，沒一天不愁眉苦臉的了。

社會結交

香港是一個貧富懸殊的社會，一邊是億萬富豪揮金如土，送豪宅給女明星女友，一邊是深水埗窮人住在鴿子籠一般的小房子裏，度日如年。普通中產表面看上去風光，其實高額的房貸給他們造成了很大的壓力。不過，雖然如此，面對同樣的困窘，也還是有不同的人生態度，有的夫妻光看人生的負面，日日憂愁，有的夫妻還能看到生活中的希望，生活照樣過得有滋有味，苦中作樂。可見心態很重要。

【例句】她被他的帥氣和花言巧語打動，和他「閃婚」，不料婚後才發現他是一個不求上進的懶漢，不到一年就過起了「貧賤夫妻百事哀」的日子。

可憐夜半虛前席，不問蒼生問鬼神。
唐·李商隱《賈生》

【字譯】虛：空自、徒然。前席：聽得投入，向坐席前面靠近。

【今譯】可惜漢文帝半夜移動坐席聽講，卻不問百姓的生計，只問鬼神的事。

【故事】原詩前兩句為：「宣室求賢訪逐臣，賈生才調更無倫。」是說漢文帝訪求賢才，詔見被貶長沙、主張改革的賈誼，兩人談到半夜。古人席地而坐，雙膝跪下，臀部靠在腳跟上。「前席」是說漢文帝聽得投入，不知不覺地向前靠，人們以為他要問賈誼重要的事情了，可惜，他不問百姓疾苦，卻只問鬼神祭祀的事。因此他是白白地那麼認真了。「虛」就是空自、徒然的意思。

史書記載，文帝見賈誼時，剛從祭禮上回來，因此就問了些鬼神的事。他問鬼神事出有因，有感而發。但詩人對此作了適當「歪曲」，說文帝不問民生，只問鬼神，從而把「遇與不遇」提升到事關蒼生的境界。詩人是在託古諷今，諷刺晚唐皇帝崇佛媚道，服藥求仙，荒廢政事，「不問蒼生問鬼神」。

【時析】大陸報導的許多貪官，雖然貪起錢財來大膽手辣，但是良心還是不安，有的在家擺神像，天天求神保佑，或者不惜重金，到廟裏燒香拜佛。這些貪官當然關心的不是蒼生福祉，而是自己的違法行徑不受揭發。有些人雖然算不上貪官，但口頭上宣揚無神論，實際上到處求神問籤，一心想着走運升官。有人說，大陸官場是高風險行業，官員普遍沒有安全感，因此就只好求神保佑。這跟大陸官員不是民選，而是由上面提拔有關，而其得到提拔必定有許多偶然因素（如領導人是否對自己滿意、領導人之間的關係、自己有沒有跟錯隊），無法準確地預期，這也就難怪他們眼睛媚上不媚下，「不問蒼生問鬼神」了。

【例句】他到京城做了京官，大家以為他能當上宰相，替百姓說實話辦實事，結果皇帝不問蒼生問鬼神，只給他一個閒職，他的才華因此被埋沒了。

此曲只應天上有，人間能得幾回聞。
唐·杜甫《贈花卿》

【字譯】幾回：幾次；聞：聽。

社會結交

【今譯】這樣美妙的樂曲只應該是天上才有的，人間哪裏有可能聽到幾次呢？

【故事】俄羅斯歌唱家「海豚音王子」維塔斯（Vitas），出生於1981年，以其跨越五個八度的寬廣音域和高音區雌雄難辨的聲線著稱，有「海豚音王子」的美譽，是俄羅斯的國寶。2002年3月29日，維塔斯在克里姆林宮舉辦了首次售票個人演唱會，不僅刷新了個人演唱會最小年齡紀錄，還留下了因震碎現場4盞水晶燈而震驚世界的傳聞。後來，在他的演唱會上，有較真的記者拿着噪音計去驗證他的高音，測到維塔斯唱《微笑吧》高潮時的峰值為105分貝，儘管這首歌不是他的最高音，但測試結果仍然驚人，要知道飛機螺旋槳的噪音才110分貝。

【時析】在人類的勞動中，要說到創造性，恐怕還是藝術表現得最充分。畫家作畫，詩人寫詩，都只此一幅（首），不可複製。在留聲機出現之前，聲音無法保存重播，聲音的出現和消失，就更是如此。隨着技術的發展，現在人工智能也能作詩畫畫了，但是真的有創造性嗎？恐怕還只是對已有的藝術家、詩人作品經過分析後固有元素的拼湊與模仿而已。以前的人工智能是替代人的體力勞動和部份腦力勞動（如記憶），但現在開始替代人的計算能力，在某些領域開始超過人類，如AlphaGo戰勝柯潔。不過，它能不能替代人去進行創造性的思維呢？有人認為在近期內還是不能的，但其實也要看是在哪些領域，如AlphaGo之後，又出現了下圍棋的第二代人工智能，它自身即具備學習能力，與自己互搏，棋力已遠遠超出了人類棋手的計算能力。從長期發展來看，鑒於人工智能的學習能力超級強悍，在未來的某天，人類是否會被人工智能控制，還真不好說。

【例句】十八歲的她古琴已經彈到了出神入化的地步，尤其一曲《廣陵散》，常常令聽眾們在聽完後產生「此曲只應天上有，人間難得幾回聞」的感歎。

紈綺不餓死，儒冠多誤身。
唐・杜甫《奉贈韋左丞丈二十二韻》

【今譯】不學無術的紈綺子弟是不會餓死的，而正直的讀書人卻大多耽誤了事業和前程。

【故事】茨維塔耶娃（1892-1941）被諾貝爾文學獎獲得者布羅茨基評價為俄羅斯最偉大的詩人。但她的一生都很悲慘。1917 年，她丈夫加入白軍，一去便杳無音訊。1919 年，她不得不將兩個女兒送進育嬰院，不久小女兒餓死。後來她聽說丈夫在歐洲，便流亡法國，但鄉愁和僑民界的虛偽使詩人難以忍受。1939 年，她攜兒子返回蘇聯。可是，等着她的是厄運連連。先她回國的大女兒被捕後被流放，丈夫被逮捕後被槍決。她由於作品不能發表，只好做起了詩歌翻譯，但也換不來多少口糧。她不得不經常兼做一些粗活，如幫廚、打掃衛生。1941 年，德國納粹迫近莫斯科，茨維塔耶娃和兒子移居韃靼共和國小城葉拉堡市，衣食無着。她期望在即將開設的作協食堂謀求一份洗碗工的工作，但是，這一申請遭到了作協領導的拒絕，絕望中的她自縊身亡。

【時析】真正決定一個國家興衰的是人才，如何吸引人才、培養人才、用好人才，是一門學問。從歷史上看，有的國家曾經富極一時（如西班牙、葡萄牙），但由於沒有把財富用於培養人才，國家很快就衰弱，

有的國家自然條件惡劣，也談不上有錢，但重視教育和知識，幾代人下來，就成為富強的國家（如德國、日本）。

在十九世紀末期，一些在華的西方人看到中國當時的學生天天讀四書五經、詩詞歌賦那些古老的、沒有實效的書，為中國人着急，他們指出，這些東西無助於中國面對西方的挑戰，中國應該改革或廢除科舉制，知識份子頭腦裏應該裝上現代的知識。他們認為，最適當的改革方法是從教育改革開始，國家應該將錢花在教育改革上，這是中國的「種子錢」，有了這些錢來辦好教育，整個國家就會逐步地革新，成為一個現代化的國家。但是，清朝的領導人認識不到這點，還是把錢只花在購買外國槍炮和仿造炮船上，結果一敗再敗，直到在甲午戰爭和義和團運動中慘敗，賠償了數億的鉅款。如果早點籌劃，將這些巨額的賠款用於教育改革，更新人們的頭腦，使他們成為現代人，清朝何至於成為一個失敗的國家，直至滅亡？

最近這些年中國通過改革開放發展經濟，尤其是最近十多年通過房地產，不無泡沫地積攢了許多貨幣，與其坐等泡沫破滅或一波一波地被花光，不如趕緊用這些貨幣提高教育水準，使教師成為待遇最好的工作，並派遣大量留學生，向全世界學習知識，將貨幣化為智慧貯存在人民頭腦當中代代傳承，這是任何經濟危機和金融危機奪不走的。當人民普遍地變得聰明智慧，別人能造的我們也能造出來，別人能想的我們也能想出來的時候，才是中國真正強大的時候。

【例句】紈絝不餓死，儒冠多誤身，你不是富二代，也不是官二代，你要有所堅持的話，一定要做好為真理餓死的準備。

射人先射馬，擒賊先擒王。
唐‧杜甫《前出塞》

【今譯】射人要先射他的馬，擒賊要先擒他們的王。馬倒了敵人就倒了，王被抓了敵人就崩潰了。

【故事】影片《行動目標希特勒》於 2008 年聖誕節在美國上映，講述了 1944 年幾個德國軍人刺殺希特勒的故事。二戰時，德國陸軍上校克勞斯‧馮‧施陶芬貝格在北非作戰時因傷致殘，失去右眼。德軍不人道的殺戮行為讓他逐漸對自己的信仰產生了動搖。當時很多軍官相信，德國會被打敗，這一切都是因為最高統帥希特勒堅持採用災難性的攻擊戰略。他們認為拯救德國的唯一方法，就是消滅希特勒，發動政變，以求和盟軍達成停戰協定。施陶芬貝格與幾個軍官策劃刺殺希特勒。1944 年 7 月 20 日，施陶芬貝格前往位於狼窩的德軍軍事總部，參與面見希特勒的會議。提前到達的他，事先在會議室的桌下安裝好了炸彈。只要確認炸彈爆炸，他就會通知刺殺組織，而路德維格‧貝克特將軍將出任新政府的首領，而暗殺組織中的各個成員都會各負其責，接管軍隊。但是看似完美的計劃出了一點小小的紕漏，最後還是失敗，參與者都被希特勒處決了。

【時析】在戰爭中，抓獲或消滅對方首腦是關鍵的一步，「群龍無首」之後，就容易解決問題了。從古到今，人們都認識到這一點，所以，刺殺敵方首領，保護好自己的首領，歷演不衰。從荊軻刺秦，到薩達姆和拉登被斬首都是如此。一些歷史上有名的暗殺事件，如林肯遇刺、甘迺迪被刺，都跟他們成為敵對方的眼中釘有關。

結社交會

【例句】射人先射馬，擒賊先擒王，你與其天天跟黑幫老大的馬仔纏鬥，不如直接先把老大關進監獄算了，他們群龍無首，也就會消停幾年了。

戰戰兢兢，如履薄冰。
周·佚名《詩經·小雅·小宛》

【今譯】心驚膽戰太不安，就像踩上薄薄的冰。

【故事】晉文公是春秋五霸之一，可是他的後代晉靈公卻不思振作。晉靈公為了享樂，竟要建一個九層樓台。為了防止有人勸阻，他下令：「誰敢阻止，就立即斬首。」有個叫苟息的大夫求見，說要給晉靈公表演雜技，晉靈公問是甚麼雜技，苟息說：「我能把十二個棋子一個個疊起來，再在上面放九個雞蛋。」晉靈公很好奇，就讓他表演。苟息把棋子疊起來，然後慢慢把雞蛋放上去，一個、兩個、三個⋯⋯眼看最上面的雞蛋隨時都會掉下來，看的人都緊張得滿頭大汗。晉靈公也很擔心，禁不住喊：「太危險了！太危險了！」苟息轉過頭來說：「這算不了甚麼，還有比這更驚險的呢！」晉靈公問：「是嗎？快讓我看看！」苟息一字一句地對他說：「九層之台，造了三年，還沒個完。三年來，男不能耕，女不能織，國庫空虛，士兵沒有給養，武裝不能更新，一旦外敵入侵，國家危在旦夕。到那時，國君您將怎麼辦呢？這難道不比壘雞蛋還危險嗎？」晉靈公聽後，覺得有理，便停止了造台。

123

結<ruby>社<rt></rt></ruby><ruby>交<rt>會</rt></ruby>

【時析】每個時代有每個時代的環境和挑戰，需要能解決問題的人才。謹小慎微性格的人適於常規性的工作，如日常的行政管理、財務工作。而在動盪不安的時代，需要一舉動乾坤的人才，在萬馬齊喑、沉悶無解的時代，需要有魄力、敢於突破的人才。縱觀中國歷史，敢於突破常規並取得成功的改革，大概只有管仲、商鞅和鄧小平了。鄧小平在掌握實權後，採取「不爭論」的辦法，讓那些天天空喊意識形態口號的人沒有辦法指手劃腳干擾改革方向，以「無論白貓黑貓，抓住老鼠就是好貓」的實效主義發展經濟，使中國在四十年內發生了天翻地覆的變化，成為一個初具現代化規模的中國。現在中國進入了「新常態」，在政府的管理上，除了仍舊需要領導人的魄力進行政治改革外，尚需要官員按法規辦事，戰戰兢兢、如履薄冰地做好常規工作，不要貪污受賄，不要瀆職濫職。

【例句】第一年上任，他是戰戰兢兢，如履薄冰，生怕工作出一點差錯，到第二年他摸熟了情況，就開始舉重若輕、揮灑自如了。

君看隨陽雁，各有稻粱謀。
唐・杜甫《同諸公登慈恩寺塔》

【今譯】你看那隨着太陽的溫暖轉徙的候鳥，各自有牠們找到稻粱的辦法。

【典故】這兩句詩前面還有兩句「黃鵠去不息，哀鳴何所投」，即賢能的人一個接一個地被趕走了，像黃鵠那樣哀叫而無處可投。可看風使舵、趨炎附勢的「隨陽雁」們，卻像候鳥一樣總能找到東家，覓到食物。

結社交會

【故事】2003 年 3 月 20 日，美軍空襲伊拉克首都巴格達，美伊戰爭打響，4 月 9 日，薩達姆政權倒台。那天下午，薩達姆發出了最後一封電報，說「我被我的部下出賣了」。他說的是伊拉克共和國衛隊的軍官們，這些人全部是他親手挑選的，是他最信任的人，都是宣誓誓死效忠他的人。但這些人早就被美國收買了，他們一見美軍就跑，毫不抵抗，先進武器盡落美國人之手。美國人給他們豐厚的報酬，用飛機把他們運到一個地方，給他們 1000 萬、2000 萬、3000 萬美元，他們現在都住在不為人知曉的地方，過着物質優越的生活。美國人說，他們是我們的朋友，幫了我們很大的忙，但他們是他們民族的敗類。

【時析】薩達姆是個獨裁者，在伊拉克不得民心，連手下的「親信」也並不真心效忠他，可見暴力統治並不能讓人真的心悅誠服。

十八大後，大陸嚴厲反腐，揪出的大小官員中有一個普遍的現象，那就是這些官員都有多個身份證、護照，如民政部部長李立國就被查出有 12 個護照。這是因為他們都擔心「出事」，而隨時準備着外逃。更有一些宣傳口的幹部，一邊在報紙、電視上大肆批判資本主義價值觀，一邊把妻兒老小送到歐美資本主義國家生活學習工作，好在自己享受完「社會主義的優越性」後，又到歐美享受他們一貫批判的「資本主義腐朽沒落的生活方式」。而那些為了中國進步而揭發問題官員的正直的人們，卻被他們打成「反動人員」或關或押。

【例句】當年在大學時他們懷抱着「改造社會」的理想，可是進入社會後沒幾年就被社會所改造，「各為稻粱謀」了。

有緣千里來相會，無緣對面不相逢。——
明·施耐庵《水滸傳》

【今譯】如果彼此有緣，即使相隔千里也終能相會；如果雙方無緣，即使近在咫尺，也不會相識。

【故事】趙復三（1926-2015）出生於基督教世家，從小就很有才華，愛慕他的女孩子不少，其中就有陳曉薔。趙復三後來在上海聖約翰大學讀書，愛上了大他八歲的女音樂家瞿希賢，兩人結婚生了兩個女兒。在文革中，瞿希賢被打成「美蔣特務」，趙復三的日子也不好過，兩人被迫離婚。後來趙復三在同學們的撮合下，和一個離異帶孩子的女校友結了婚，但二人性格不合，很不幸福。改革開放後，趙復三成了中國社科院的領導，有一年到美國訪問，在一次聚會上碰到在耶魯大學圖書館工作的陳曉薔。陳曉薔問他：「你還記得我嗎？」趙復三說：「當然，陳曉薔。」這時兩人有三十多年沒見過面了。1989年後，趙復三留在國外不回中國了，也離了婚，獨自一人流落歐美，主要在一些大學講學。2000年時他到耶魯大學又遇到了陳曉薔，那時陳曉薔先生已去世，陳曉薔也是獨自一人，兩人一見如故，這次走到了一起。趙復三一生坎坷，卻得到了一個幸福的晚年，他譯書、寫作，後來生了重病，陳曉薔為了給他治病籌錢，連房子都賣掉了。2015年趙先生病逝。

【時析】佛教認為一切事物均處於因果聯繫中，前者逝去，後者生起，因因果果，沒有間斷。「有緣千里來相會，無緣對面不相逢」，這兩句便由此而來，它認為人的分會離合自有其微妙之因。舊時小說中用以指男女配因緣前定，所謂「千里姻緣一線牽」。在戀愛和婚姻上，

會有很多巧合。網絡上有時會報導一些「緣分」的事情，比如，有一對剛結婚的年輕夫妻結婚後看以前各自的家庭照片，發現兩人都曾經去一個地方旅遊，而一方曾出現在另一方的照片中！這就叫作「有緣分」。當然，有不少人是「有緣無分」，雖然有感情，或者談起了戀愛，但因種種原因未能修成正果（結婚）。也有很多人是同事、朋友，旁人認為他們倆很般配，但他們之間就是差了點感覺，這叫「無緣無分」。中國古人對於人與人之間的相遇、相知非常珍惜，叫作「百年修得同船渡，千年修得共枕眠」，能成為夫妻是千年修煉的結果，所以一定要珍重，不要輕言散夥。

【例句】他和她同學六年，天天一起上課，雖然互有好感，卻始終沒有朝男女朋友方面發展，這是「無緣對面不相逢」啊！然而，他們一畢業就各自在網上找到了別人戀愛結婚，真是「有緣千里來相會」啊！

憑君莫話封侯事，一將功成萬骨枯。
唐・曹松《己亥歲感事》

【字譯】憑：約等於「請」和「求」，但語氣比「請」要軟。「憑君莫話封侯事」，相當於說：行行好吧，您別再提封侯的事了。

【今譯】請您別提封侯的事了，一員將帥的成功，是以千萬白骨作代價換來的。

（這裏「封侯」之事，指公元 879 年鎮海節度使高駢就以在淮南鎮壓黃巢起義軍的「功績」受到封賞，「功在殺人多」。令人聞之髮指，言之齒冷。無怪詩人閉目搖手道「憑君莫話封侯事」了。）

社會結交

【故事】秦國統一中國，經過了幾百年，代價巨大。據司馬遷記載：秦國攻魏殺 8 萬人，戰五國聯軍殺 8 萬 2 千人，伐韓殺 1 萬人，擊楚殺 8 萬人，攻韓殺 6 萬人，伐楚殺 2 萬人，伐韓、魏殺 24 萬人，攻魏殺 4 萬人，擊魏殺 10 萬人，又攻韓殺 4 萬人，前 262 年擊趙白起殺盡 42 萬人，又攻韓殺 4 萬人，又攻趙殺 9 萬人。當然，在這個吞併各國的過程中，秦國自身也損失了很多人。那麼秦國不統一諸國，情況會不會好點？也不會，因為各國互相殘殺，死的人可能更多。統一後，鑄劍為犁，海內和平。一旦帝國解體，又會分裂為諸多軍閥或諸侯，互相混戰，死傷無數。所以中國人生怕「生逢亂世」，他們喜歡的還是「大一統」，起碼能活得平安吧！

【分析】如果我們認真想一下自己記得的「英雄人物」，絕大多數跟「戰爭」有關。比如我們最熟悉的劉關張、呂布、曹操、周瑜、諸葛亮等，就跟東漢末年地方勢力割據混戰、人口大衰減有關。先不管正義與否，這些「英雄」都是手上沾滿了千萬人鮮血的屠夫。從荷馬史詩到希臘史書中的希波之戰，亞歷山大東征，羅馬與腓尼基之戰，到現代國家之間的大規模戰爭，無一不是「一將功成萬骨枯」，我們之所以記得那些著名的將帥、軍師、統帥，都是因為他們在戰爭中的表現。與其說人類歷史是一部「文明史」，倒不如說是一部「野蠻史」或「戰爭史」。當代戰爭雖然在高科技國家與低科技國家之間已形成實力嚴重不對稱的戰爭，高科技國家傷亡人數越來越少，但戰爭的本質仍然並沒有變化，總是跟流血死人連在一起。

世界著名戰爭及傷亡人數：一、第二次世界大戰死亡人數 5000-7200 萬；二、太平天國運動死亡人數 2000 萬人以上；三、第一次世界大戰死亡人數約 1500 萬人；四、蒙古帝國征服世界死亡人數 3000-

6000 萬；五、安史之亂死亡人數約 1300 萬 -3600 萬；六、清朝推翻
明朝死亡人數約 2500 萬人；七、金帳汗國內亂死亡人數 1500 萬—
2000 萬；八、左宗棠平定回亂、收復新疆死亡人數 800-1200 萬；九、
俄國紅軍白軍內戰死亡人數 500 萬以上；十、拿破崙戰爭死亡人數約
700 萬。

如何看待歷史上的殘酷現實？這是大勢所趨，還是歷史必然，還
是歷史偶然？在歷史的混亂中有沒有必須遵守的人道主義價值？一個
國家或地區要統一，是否一定要經過流血衝突？歐盟的和平統一提供
了一個新的榜樣，但歐盟的脆弱也是存在的，比如英國退出歐盟可能
就是一個先例。

【例句】看戰爭史一定要看圖片背後的傷亡資料，由此你可以強烈地
領悟到「一將功成萬骨枯」，世界和平與國家統一的來之不易。

第六章

愛 國 魂
是

愛<ruby>國<rt>魂</rt></ruby>是

出師未捷身先死，長使英雄淚滿襟。
唐·杜甫《蜀相》

【字譯】出師：諸葛亮為了伐魏，曾經六出祁山。234年，他統率蜀軍，攻到五丈原，與魏軍司馬懿隔着渭水相持一百多天，八月病死於軍中。英雄：這裏是泛指追懷諸葛亮的有志之士，當然也包括詩人自己。淚沾襟：淚水打濕衣襟。

【今譯】出動了大軍，還沒有取得勝利，（諸葛亮）就先去世了，使得後世的英雄們總是忍不住抱憾落淚。

【故事】漢末大亂，分裂為魏、蜀、吳三個國家，三個國家都想要統一天下，彼此合縱連橫，誰也統一不了。228年起，蜀國臣相諸葛亮五次出兵，北伐魏國，除了匡扶漢室，統一中原外，可能也含有為劉備報仇，讓蜀國一致對外，不要內亂的動機。五次北伐都以失敗告終，234年冬，諸葛亮率軍在五丈原，與魏將司馬懿僵持不下，因長期積勞成疾，心力交瘁，病逝於五丈原。諸葛亮死後，蜀軍退回漢中，北伐結束。

【時析】這兩句詩常用在抱負未展、壯志未酬即犧牲了的英雄人物身上，如譚嗣同、宋教仁、陸皓東這類烈士。現在也可以用在為了人類的利益而犧牲的人物身上，比如1986年美國「挑戰者號」航天飛機發射失敗，七位宇航員全部犧牲，他們就可以說是「出師未捷身先死，長使英雄淚沾襟」。當時，中國中央電視台新聞聯播以頭條新聞的形式報導此消息，而不以領導人的會議活動為頭條，表明中國政府也認為這是全人類的挫折，值得惋惜。

愛國魂是

【例句】《三國演義》中，有一個才華不在諸葛亮之下的龐統，本來可有一番大作為，卻不幸在「落鳳坡」英年早逝，真是「出師未捷身先死，長使英雄淚沾襟。」

人生自古誰無死，留取丹心照汗青。
宋‧文天祥《過零丁洋》

【字譯】丹心：紅心，忠心。汗青：竹簡。古時在竹簡上記事，先以火烤青竹，使水分如汗滲出，便於書寫，避免蟲蛀，故稱汗青。此處借指史冊。

【今譯】自古以來人終不免一死，但死得要有意義，倘若能為國盡忠，死後仍可光照千秋，青史留名。

【故事】春秋時期，齊莊公與大臣崔杼的妻子通姦，崔杼忍無可忍，有一次乘齊莊公到他家看他妻子時殺了齊莊公。齊國史官太史公如實記錄了這件事：「崔杼弒其君。」崔杼大怒，殺了太史公。太史公的兩個弟弟太史仲和太史叔也如實記載，崔杼也大怒，把他們都殺了。崔杼告訴太史公的第三個弟弟太史季說：「你三個哥哥都死了，你難道不怕死嗎？你還是按我的要求，把莊公寫成暴病而死吧！」太史季回答說：「據實記載是史官的職責，失職求生，不如去死。你做的這件事，遲早會被大家知道的，我即使不寫，也掩蓋不了你的罪責，反而成為千古笑柄。」崔杼無話可說，只得放了他。太史季走出來，遇到一個同事南史氏正執簡而來，原來，南史氏以為他也被殺了，是趕來繼續記錄這件事的。

【時析】古代有專門的記史人員，通常是父死子繼，兄終弟及，一個家族全都是記錄歷史實況的，被稱為史氏。故事中的太史氏和南史氏是兩個記史家族。春秋戰國，知識份子有錚錚硬骨，敢於不畏權貴，秉筆直書，到了司馬遷，這個傳統猶存，後來的史官雖然不時使用孔子式的「春秋筆法」，對歷代權貴的批判顯得比較隱晦曲折，但還是有所批評的。

只是到了現代，當歷史被當權者自己抒寫時，歷史就成了一個小姑娘，被任意打扮了，根據當權者的意識形態，「誰控制了過去，誰就能控制現在，誰控制了現在，誰就能控制未來」，為歷史塗脂抹粉、改妝易容的做法層出不窮，後人要花大量時間和精力，到世界各國查找檔案，還歷史真相。近些年，像高華、沈志華、楊奎松、楊繼繩、王奇生這樣的歷史學家就做出了一些努力。從總體上看，資訊的流動越來越自由，人民也越變越聰明，誰做出過貢獻，誰禍害過民族，人民是清楚的。

【例句】「人生自古誰無死，留取丹心照汗青」，這是文天祥的自況，他說到了也做到了。像他這樣言行不二的大臣，歷史上能做到的寥寥無幾，數來數去就那麼幾個例子。

位卑未敢忘憂國，事定猶須待闔棺。
宋·陸游《病起書懷》

【今譯】地位卑微也不敢忘記憂國憂民，事情最終的成敗，只有蓋棺才能定論。

愛 國 魂 是

【故事】文革期間，無法無天，人們不敢說真話。不過，也有極少數人關心中國前途，為國分憂，勇敢地表達自己的真實想法，批評上層的錯誤。北京青年遇羅克（1942－1970）在文革期間，撰寫印發《出身論》，反對當時「老子英雄兒好漢、老子反動兒混蛋」的出身論邏輯，因此於1968年被捕，1970年1月和王佩英（1915-1970）、馬正秀（1932-1970）等19位政治死刑犯在北京工人體育場的十萬人公審大會上被宣判死刑，並於3月5日被執行槍決。天津女青年張志新（1930－1975），因批評文化大革命並為劉少奇辯護而被捕，1975年4月被槍斃，被處決前還被割斷喉管，以防其呼喊口號。北大中文系畢業生林昭（1932—1968），先是被劃為右派，後因提出「要在中國實現一個和平、民主、自由的社會主義社會」而被以「陰謀推翻人民民主專政罪，反革命罪」的罪名逮捕，在關押八年後，於1968年4月在上海被秘密槍決，罪名從未被正式公佈。此外還有李九蓮（1946—1977）、王申酉（1945－1977）等人因思想罪被當局槍決。

【時析】秦漢以後，中國知識份子再也不能像在春秋戰國那樣，這國不讓我說話我到另一個國家說話，而只能將才智賣給皇帝一家，基本上沒有言論和思想自由。由於科舉制對於讀書人的收買（使他們一心想當官）以及精神羈縻（唯讀儒經），能獨立思考的知識份子不多。雖然如此，在擁護皇權的總體思想下（忠，君君臣臣），還是有一些人能夠「死諫」，不惜捨身，像于謙、方孝孺這樣的人也是有的，也有一些獨立的、民間的知識份子，或者遭遇大挫折的知識份子（如黃宗羲、李贄、譚嗣同等人），能夠從根本上反思皇權、君權專制之弊端。體制外的農民和小知識份子，在無法生存的條件下有時只能鋌而走險，走上造反的道路，他們就不是「批判的武器」，而是「武器的批判」，但是，即使他們贏得了勝利，由於沒有新的思想，新建立起來的政權也不過是另一個王朝，又開始了一個新的輪迴而已。

135

愛國魂
是

【例句】中國知識份子自古以來就有「先天下之憂而憂，後天下之樂而樂」的傳統，他們「位卑未敢忘憂國」，身居陋室，心懷天下，正所謂「天下興亡，匹夫有責」。

商女不知亡國恨，隔江猶唱後庭花。
唐·杜牧 《泊秦淮》

【字譯】後庭花，即《玉樹後庭花》，靡靡之音，據說為南朝陳後主陳叔寶（553-604）所製。亡國恨：指南北朝時期南朝的陳朝被隋朝所滅。隔江：隋兵陳師長江北岸，陳朝小朝廷南京危在旦夕，但陳朝君臣以為隋軍渡不過長江天險，依然沉湎於聲色之中。

【今譯】賣唱的歌女不知甚麼是亡國之恨，隔着秦淮河還在唱靡靡之音《後庭花》。

【故事】晚唐詩人杜牧遊南京秦淮河，在河邊聽見歌女在唱《玉樹後庭花》，綺豔輕蕩，男女唱和，歌聲哀傷，是亡國之音。據說這歌是當年陳後主所製，他沉迷於這種曲調，視國政為兒戲，最終為隋朝所滅，自己也被擄，死在洛陽。陳朝雖亡，這歌卻傳了下來，還在南京秦淮歌女中傳唱。聯想到他自己的時代，唐朝已是危機四伏，而君臣們仍耽於嬉樂，於是生了感慨，寫了這首詩。

【時析】商女是賣唱的歌女，聽者點甚麼歌，她們就要唱甚麼曲。詩中說「商女不知亡國恨」，矛頭所向，實為點歌的人即權貴豪紳。

愛國是魂

當今世界，資本在全球自由流動，哪裏有利潤就去哪裏，如水瀉地。資本家追逐利潤沒有祖國，但是工人流動性小，他們倒是有祖國的，這就造成了少部份精英跟大部份工農的矛盾。精英能力大，可跨境自由流動，工人農民卻只能待在原有區域，找一份工作糊口，需要「國家」來保護他們的基本權利，但在全球經濟分工的形勢下，「國家」也身不由己，很多政策不能由它們自己說了算。總體來看，由於發展中國家工人薪酬低，法規簡單，發達國家的資本為了追求利潤更大化會跑到發展中國家，導致發展中國家工人生活逐漸提高，出現中產階級，但這同時也就是發達國家工人流失工作崗位，中產階級逐步萎縮的過程，因此才有最近美國白人工人和中產階級的反彈，特朗普的當選就是一個信號。全球化導致貧富分化比以前更加嚴重，但是這種分化是一種相對分化，人民的總體生活水準還是比以前進步了。由於「國家」觀念的改變，戲說「精英不知亡國恨，隔江猶唱後庭花」也未嘗不可。

【例句】抗日戰爭時，國民軍在前線與日軍浴血奮戰，上海百樂門卻燈紅酒綠，公子哥們和舞女們過着醉生夢死的生活，真是商女不知亡國恨，隔岸猶唱後庭花。

苟利國家生死以，豈因禍福避趨之。
清·林則徐《赴戍登程口占示家人》

【字譯】以：為、做、從事。

【今譯】只要有利於國家，無論是生是死，我都要去做，哪能因為有禍而逃避，因為有福而趨向呢？

愛國是魂

【故事】美國第十六任總統林肯（Abraham Lincoln，1809-1865）解放黑奴，在南北戰爭中維護了美國的統一，其歷史功勳可以說僅次於開國總統華盛頓。為了實現治國理想，林肯八次競選八次落敗，兩次經商失敗，甚至還精神崩潰過一次。1860年，林肯終於當選美國總統，四年後成功連任美國總統，為了反對奴隸制，維護美國統一，發動了對南方分離諸邦的戰爭，贏得了勝利。但是不久後，他就被南方奴隸制的擁護者謀殺了。可以說，林肯為美國獻出了生命。

【時析】當今世界仍舊是民族國家佔主流的形勢，對各個國家來說，還是國家利益至上，民族國家概念並未過時。前些年小布殊時代，全球化加速，美國一些人主張「人權高於主權」，干涉中東國家內政，而中國則一直堅持「國家主權」，一些美國人批評中國人在維護過時的十九世紀的主權概念。其實主權並未過時，最近幾年，潮流又反過來了。特朗普上台後，強調「美國優先」，撕毀《巴黎協議》，驅逐非法移民，在在都在強調美國主權，維護美國利益。看來，人權與主權哪個優先，對於某些國家來說，是根據自己的利益而定。當國內利益的考慮佔優勢時，仍有愛國的必要。

【例句】他雖然個性上有些軟弱，小毛病不少，但是在國家大事、民族大義上，卻從未動搖過，不考慮自己的得失，稱得上「苟利國家生死以，豈因禍福避趨之」。

可憐無定河邊骨，猶是春閨夢裏人。
唐・陳陶《隴西行》

愛國魂是

【今譯】可憐啊，無定河邊戰死的戰士已成了枯骨，他卻仍是家鄉妻子夢中思念的人兒。

【故事】湯飛凡（1897-1958）是湖南醴陵人，曾在湘雅醫學專門學校、北京協和醫學院和哈佛大學醫學院學習，1955年他在世界上第一次分離出沙眼病毒，次年發表論文，1957年他拿自己的眼睛做實驗，證實了發現的正確性。他為世界成千上萬的沙眼病患者解除了痛苦，被視為最有希望獲得諾貝爾生理/醫學獎的中國人。但在1958年的政治運動中，湯飛凡被打成「美國特務」、「賣國賊」，在寓所自盡身亡。但是國際醫學界沒有忘記他。1980年，國際沙眼防治組織（IOAT）給中國發來一封短函，要給湯飛凡頒發沙眼金質獎章，邀請他參加1982年在三藩市舉行的第25屆國際眼科學大會。他們不知道，這世上早已沒有了湯飛凡。

【時析】隴西在今天甘肅寧夏隴山以西。這首詩寫戰士在邊疆戰死，早已成河邊枯骨，但遠在家鄉的妻子毫不知情，仍然夢見了他，以為他很快就會回家。這兩句詩有震撼人心的力量，是古詩中的名句。

　　古代由於地理的阻隔，很多資訊是滯後的，比如清朝乾隆皇帝上位很久後，一些南方小山村的村民都還以為皇帝是康熙或雍正。即使是官方消息，由於古代交通工具的限制，也都是很慢的。如軍情，在邊疆發生的緊急情況，都是以快馬跑驛站的方式傳遞到中央的，因此，一場戰爭的勝負情況，中央要到幾個月後才能知道。在當代，消息傳遞已不受地理和交通因素的限制，手機網絡瞬間就可以傳到。當代的問題是資訊控制的問題，比如，有些消息要不要發佈？要不要經過過濾？國家如此，個人也是如此。比如，醫生知道一些來看病的人得了

139

癌症後，要不要告知病人？患者家屬要不要讓患者自己知情？在特定的情況下，如家屬情緒或精神不穩定的情況下，要不要即刻告訴他／她其親人死亡的消息？都是值得討論的話題。

【例句】戰爭期間，一個士兵在前線犧牲，他的戰友為了不讓他妻兒傷心，冒名給他家裏寫信並寄錢，他們一直不知道親人已死，真是「可憐無定河邊骨，猶是春閨夢裏人」。

第七章

英 豪 情

邁

英 豪 情 邁

會當凌絕頂，一覽眾山小。

唐‧杜甫《望嶽》

【字譯】會當：唐朝時的口語，意即「一定要」。它不是「應當」的意思，否則這首詩就沒有神氣了。

【今譯】一定要登上（泰山的）頂峰，從那裏俯瞰四周，才會覺得其餘的山都是那麼的小。

【故事】中國古代就有「武俠小說」，但它是俗文化中的一個亞傳統，是難登大雅之堂的。到了現代，還珠樓主、平江不肖生開始創作新式武俠小說，這種小說類型在梁羽生、古龍、金庸等人手裏得到發揚光大，尤其金庸，成為武俠小說的集大成者。他的十五部小說，在華人世界得到了廣泛傳播，可以說凡有華人處，就有人讀金庸小說，連鄧小平在文革落難期間都看得愛不釋手。金庸武俠小說引入了西方小說的一些因素，刻畫了一系列栩栩如生的人物，如令狐沖、蕭峰、段譽、張無忌、黃蓉、郭靖、楊過、周伯通等。這些人物大都是通過自身的努力和機遇，逐漸地成長為武功高手，笑傲武林的。金庸自身也類似於一個寫武俠小說的後生，經過歷年的修煉，再加上身在香港的機遇，才成為武俠小說的頂尖高手的。

【時析】現在「玩物喪志」的東西很多，很容易讓年輕人沉浸在娛樂八卦、小悲小情的事件中難以自拔，不能心懷天下、高瞻遠矚。香港因為傳媒的發達，年輕人的注意力常被一些聳人聽聞的新聞所左右，而不能看到更深遠的時代變化。很多人的思維「跳不出深水埗」，視野窄窄，興趣缺缺，跟老一輩的香港人有很大差距。從晚清開始，香

港人就是世界眼光，也積極介入中國事情，有拯救國家的抱負，伍廷芳、何啟、孫中山都是例子，八十年代的香港人也有不少到内地投資開廠開創事業的。現在中國已成世界第二大經濟體，雖然有各種各樣的毛病，但是中國的整體崛起是確定無疑的，連外國青少年都湧入中國在各行業闖蕩，香港背靠中國，只要理順跟中國的關係，未來還可以有很大的發展空間，香港年輕人沒有理由畏手畏腳，他們更應該有「不畏浮雲遮望眼」的視野和胸襟，練好自己的本領，將來在中國大展鴻圖。

【例句】他對物理學很有興趣，先是在香港大學讀了本科，然後去了加州理工讀了碩士，最後在哈佛大學讀了博士，畢業後很快脫穎而出，在業内成為頂尖人才，當真有「會當凌絕頂，一覽眾山小」的感覺。

筆落驚風雨，詩成泣鬼神。
唐・杜甫《寄李十二白二十韻》

【今譯】落筆時風雨為之震驚，極有氣勢，詩成後鬼神為之哭泣，感人肺腑。

【故事】葉文福（1944- ）曾在軍隊服役，1979年他寫了一首長詩《將軍，不能這樣做！》，根據他聽到的消息，寫了一位在文革中遭到殘酷迫害的高級將領重新走上領導崗位後，下令拆掉幼稚園，為自己建別墅，全部採用現代化設備，耗用了幾十萬元外匯（當時的幾十萬元相當於今天的幾個億）。詩發表在《詩刊》上，引起讀者強烈反響，被讀者自發投票選為當年最優秀的詩歌。但是，詩也引起了軍隊一些

將軍的強烈反感，認為他是在醜化將軍們的形象。一些將軍氣得想將葉文福直接槍斃了。在最高領導人的批示下，葉文福成了文藝界「自由化」的典型，成為「清除精神污染」的對象，受到迫害，生活艱難。而葉文福詩歌反映的問題，即軍隊高層腐敗的問題，不僅沒有解決，反而愈演愈烈，最近兩三年因貪污腐敗落馬的解放軍總後勤部副部長谷俊山、兩位軍委副主席徐才厚和郭伯雄，都被曝出貪污數額動輒以十億計，他們才是真正嚴重「醜化」了軍隊形象！

【時析】知識份子向來有批評時政、矯正時弊的責任感，法國從啟蒙運動時的伏爾泰、盧梭、「百科全書派」，到雨果、左拉、薩特，俄國的別林斯基、車爾尼雪夫斯基、杜勃羅留波夫、薩哈洛夫、索爾仁尼琴，美國的薩義德、喬姆斯基等，放在今天都可以稱作「公共知識份子」，他們介入現實，批判社會與國家生活中的種種不合理、不公平，起到了改變輿論、引領時代精神的作用。有時，由於他們的觀點跟政府不一致，而遭到打擊報復。他們的文章真的有「筆落驚風雨，詩成泣高官」的效果。

【例句】他的分析文章在網上流傳，引起一連串強烈反應，還有幾個領導為此丟官，這雖沒有達到「筆落驚風雨，詩成泣鬼神」的效果，卻也堪稱「筆落驚市長，詩成泣網管」了。

江山代有才人出，各領風騷數百年。
清‧趙翼《論詩》

【今譯】每個時代都有自己的傑出詩人，各自引領詩歌的潮流幾百年。

英豪情邁

【故事】維克多・雨果（1802-1885）是法國大作家。1829 年 9 月，他創作了浪漫主義戲劇《歐那尼》，講了一對情侶歐那尼和愛爾薇拉受到國王壓迫和貴族出賣的愛情悲劇。劇本引起古典派攻擊，他們用政治勢力壓制它，浪漫派則讚美它。1830 年 2 月 25 日，《歐那尼》在法蘭西戲院第一次上演。這一夜，浪漫派和古典派都湧入戲院，在裏面大鬧了一場。古典派大喝倒采，浪漫派則大聲叫好，結果浪漫派大獲全勝。這個事件被稱為「歐那尼之戰」。《歐那尼》大受歡迎，一連演了四十五夜。「歐那尼之戰」是浪漫主義戰勝古典主義的標誌。這樣的事件只有在社會矛盾非常尖銳的法蘭西才會發生。從這一晚起，27 歲的雨果成了浪漫主義的領袖。後來，法國文壇一浪接一浪，從浪漫主義當中又演化出批判現實主義、自然主義、象徵主義等流派，出現了巴爾扎克、司湯達、左拉、波德賴爾等一批享譽世界的作家和詩人。

【時析】這首詩全詩如下：「李杜詩篇萬口傳，至今已覺不新鮮。江山代有才人出，各領風騷數百年。」李白、杜甫的詩篇雖然優秀，但傳到今天人們也不覺得有甚麼新鮮感了。其實每個時代都有自己的李白、杜甫，能各自引領着其詩歌潮流。藝術創作貴在推陳出新，不斷地創造，如果只是一味地模仿古人，亦步亦趨，只能導致藝術的退化。這是一個類似於生物界的新老交替的自然現象。傳統的文學藝術領域如此，新興的文化娛樂更應如此，影視歌壇這一點看得更明顯。如香港新舊「天王」，在當時紅火一時，十幾年後年輕人可能連他們的名字都記不住了。

當然反例也有。如在 2008 年金融危機之後，西方又重新思考馬克思《資本論》對資本主義的批判，在全球化的語境中，關注貧富分

145

化和社會正義的問題，對華爾街金融家的貪婪和資本主義所導致的社會問題進行再度審視，試圖尋找新的出路。可見，「風騷」有時不是過去了就永不再來，而是會時時「回潮」的，只要人們覺得問題仍舊存在，沒有得到解決。

【例句】搞藝術這行，在古代可以「江山代有才人出，各領風騷數百年」，在當代，能「各領風騷三五年」就已經非常厲害了。

生當作人傑，死亦為鬼雄。
宋‧李清照《夏日絕句》

【今譯】活着就要做人中的豪傑，為國建功立業，死也要為國捐軀，成為鬼中的英雄。

【故事】這首詩全詩為：「生當作人傑，死亦為鬼雄。至今思項羽，不肯過江東。」作者生活在北宋末期，金人南下侵略宋朝，宋朝統治者只顧自己逃命，拋棄中原河山，苟且偷生。女詩人以雄健之筆譏諷當朝者，並表明了自己作為一介女流的志向。

　　楚霸王項羽在楚漢之爭中失利，被困垓下，大勢已去，回天無力。面對愛妾虞姬，霸王唱出《垓下歌》：「力拔山兮氣蓋世，時不利兮騅不逝。騅不逝兮可奈何，虞兮虞兮奈若何」。虞姬不願受漢軍之辱，拔劍自刎。項羽帶餘部突圍至烏江，烏江亭長勸項羽趕快渡江，以圖東山再起，項羽卻說：「我在會稽郡起兵後，帶了八千子弟渡江。到今天他們沒有一個能回去，只有我一個人回到江東。即使江東父老同

豪邁英情

情我，立我為王，我還有甚麼臉面見他們呢？」他回身苦戰，殺死敵兵數百，最後自刎而亡。

【時析】談到要不要當「人傑」，還真值得討論一下。一般來說，「人傑」是人類中的精英，而要成為精英，在某一領域出類拔萃，都需要經過長期的勤奮工作和努力，而且不放過重大的機會，承擔起諸多重大的責任，這就需要他調整自己的日常生活狀態，別人陪孩子打球時你還在忙工作，別人跟朋友上酒吧時你還在忙學習，別人到外度假時你還在趕論文，別人在網上購物時你正在被人批評指責，總之，身體和精神都要高負荷地運轉。在中國文化中，有一種「平庸是福」的觀念，它以「知足常樂」、「平淡是真」的口語表達出來，是一種「享受人生」的態度。可是世界上的責任總要有人去負，世界上的擔子總要有人去挑，於是它們就選中了「人傑」和「精英」，在給予他們名聲、地位和財富的同時，也消耗掉他們很多的健康和生命。「精英」與「平淡」的生活，到底哪個更值得過呢？讓你去當香港特首，你願意嗎？將來，能否發明機器人去當「機傑」，解決各種問題，承受各種壓力？在日本這樣貧富差別不大，福利保障尚不錯的國家，成為「人傑」的機會不多，人都可以按部就班地成為「一億中流」中的一員（儘管近來有「下流化」的趨勢），所以近幾年才把幸福的注意力放在村上春樹所說的「小確幸」上，即「微小而確切的幸福」，不必為命運的三起三落、大喜大悲操心，只為每天的好心情乾杯。這可能是發達社會的必然社會意識吧。發展中國家不知消費得起否。

【例句】有人認為李清照是婉約派。其實李清照亦有巾幗英雄的一面，像「生當作人傑，死亦為鬼雄」，不僅要當人中豪傑，還要當鬼中豪傑，足以當一「豪」字了！

147

為人性僻耽佳句，語不驚人死不休。——
唐·杜甫《江上值水如海勢聊短述》

【今譯】我為人性格孤僻，醉心於作詩，寫出來的詩句一定要驚人，否則不肯甘休。

【故事】唐代詩人李賀（791-817）的詩非常有特色，他被稱為「詩鬼」，與「詩仙」李白、「詩佛」王維、「詩聖」杜甫齊名。因科舉不順，他 27 歲時就鬱鬱而終，卻留下了傳誦千古的詩篇，跟雪萊、拜倫、濟慈、海子這些短命天才一樣。李賀自幼體形細瘦，長相奇特，少年時都要白天騎着一匹驢尋詩覓句，每有所見所感，就寫下來放在一個袋子裏，晚上回家後，他母親就讓女僕把它們取出來，她說：「我兒是要把心嘔出來才會停止呀！」李賀的詩可以說是極盡奇麗譎幻之觀，比如《雁門太守行》的第一句「黑雲壓城城欲摧，甲光向日金鱗開」，就令韓愈佩服得五體投地，成為千古名句。李賀尤其擅長寫幽冥世界：「鬼燈如漆點松花」、「鬼雨灑空草」、「秋墳鬼唱鮑家詩，恨血千年土中碧」、「百年老鴞成木魅，笑聲碧火巢中起」，這些詩句反映了他極度抑鬱的心情，世人因此把他稱為「詩鬼」。他的詩可以說是跟杜甫一樣做到了「語不驚人死不休」。

【時析】商業社會要行銷，挖空心思求關注，網媒多是標題黨，競選也要搏出位，比如特朗普這個前房地產商，估計在賣房子時也要寫好廣告詞博人眼球吧，競選總統時，他也要製造點「賣點」，弄點口水戰，自發推特來吸引人們的關注，跟傳統媒體（紙媒、大網站）相比，本來就是名人的特朗普通過推特等新型社交媒體，低成本但廣泛而成功地吸引了大量讀者的注意，戰勝了手法老套的希拉莉。在發表令人

驚奇的感受、評論和決定上，特朗普保持了當年做選美賽時的那種博眼球風格，幾乎每條推特發言都引來全美乃至全球關注，有時候，他說的話真是「語不驚人死不休」，將選美時尚業的嘩眾取寵和房地產商的精明算計合二為一。在受世界關注度上，他可能超出了當今全球所有國家的領袖。

【例句】為了賣出房子，開發商的廣告代理真是「語不驚人死不休」，從海德格爾的「人，詩意地棲居」到海子的「面朝大海，春暖花開」全都用上了。

風蕭蕭兮易水寒，壯士一去兮不復還。

漢·司馬遷《史記·刺客列傳》

【今譯】秋風蕭蕭地吹啊易水寒冷，壯士踏上征程就不會回來。

【故事】戰國末期，秦國滅趙後，兵鋒直指燕國南界，燕國太子丹決定派荊軻入秦行刺秦王。荊軻獻計太子丹，擬以秦國叛將樊於期首級及燕國督亢（今河北涿縣、易縣、固安一帶）地圖進獻秦王，相機行刺。公元前227年，荊軻帶着燕國督亢地圖和樊於期的首級，前往秦國。臨行前，太子丹等人在易水邊為荊軻送行，場面十分悲壯。高漸離擊築，荊軻和着節拍唱着「風蕭蕭兮易水寒，壯士一去兮不復還」，表示自己一往直前，義無反顧。荊軻來到秦國後，收買貴族，讓秦王在咸陽宮隆重召見他。荊軻在獻燕國督亢地圖時，圖窮匕見，行刺秦王，但被秦王逃脫，拔出長劍殺死。

【時析】對荊軻刺秦之舉，歷來不乏各種評價。有人說他是捨生取義的壯士，有人說他是微不足道的亡命之徒，還有人說他是古代的恐怖主義份子。不過，從當時「國際形勢」來看，在燕齊之戰後勢力衰弱的燕國，被秦國吞併是早晚的事，即使荊軻行刺成功，也難保新的秦王不會為報仇雪恨，更加快速地消滅燕國。

如何區分愛國志士和恐怖份子？看來也有正義標準和立場的問題。1909 年，韓國人安重根在哈爾濱火車站刺死了侵略朝鮮的元兇、曾發動中日甲午戰爭的日本前首相伊藤博文，為朝鮮和中國報了一仇。他被日本稱為恐怖份子，但被朝鮮稱為愛國英雄，被中國人稱為志士。

【例句】為了反對侵略者，作為家中的獨子，他報名參軍，全村人為他餞行，頗有一些「風蕭蕭兮易水寒，壯士一去兮不復還」的悲壯意味。

一夫當關，萬夫莫開。
唐・李白《蜀道難》

【字譯】關：這裏指四川劍閣縣大小劍山之間的劍門關。後來泛指一切險關。

【今譯】一個人把着關口，上萬人也打不進來，形容地勢十分險峻，或一人能擋萬夫之勇。

【故事】金庸在小說《神雕俠侶》中說郭靖保衛襄陽多年不被蒙古人

攻佔，楊過趕來幫助郭靖，飛石殺了蒙古大汗蒙哥。這當然是小說虛構，但在蒙古人攻佔南宋時，確實有一個地方堅持了幾十年，並且蒙哥就是在那裏死的。釣魚山離重慶不遠，海拔在 91.22 米至 186 米之間，它三面臨江（涪江、嘉陵江、渠江），削壁懸岩，形勢險峻，是一夫當關，萬夫莫開的戰略要地。1243 年余玠為了抵禦蒙古軍東下，在這裏築城防守，名為「釣魚城」。1259 年，蒙古兵圍攻四月不下，大汗蒙哥在這裏死去，死前連遺囑都沒有留下，因此很可能是被南宋飛箭飛石擊中，或感染瘟疫急症而死。蒙哥死後，蒙古內部因繼承人問題而產生了汗位之爭，延緩了蒙古人向南征服南宋和向西征服非洲、歐洲的步伐，改變了世界歷史。直到 1279 年，釣魚城守軍才在南宋整體滅亡、元軍保證不殺城內百姓的誓言下開城降元，前後共抗擊元軍三十六年。

【時析】釣魚城可以說「在關鍵時刻的關鍵位置起到了關鍵的作用」，如果沒有它，南宋滅亡要早二十年，而埃及等國早就被蒙古大將旭烈兀攻下了，可以說釣魚城之戰挽救了許多國家。在歷史和現實中，也有一些關鍵人事在關鍵時刻起到了關鍵作用，或促進或破壞了人類的進步事業，如政治上的英雄與梟雄，拿破崙、羅斯福、希特勒、史達林。在中國現代史上，像葉劍英、鄧小平這樣的人物，都是在關鍵時刻挺身而出，扭轉了歷史的方向，起到了別人起不到的作用。

【例句】2014 年世界盃決賽，球已踢完了下半場，德國隊和阿根廷隊的守門員都還是「一夫當關，萬夫莫開」，誰也進不了球，最後還是在加時賽中，德國隊憑一球奪冠。

行到水窮處，坐看雲起時。

唐·王維《終南別業》

【今譯】走到流水的盡頭，（不如索性）坐下來看雲升起。

【故事】褚時健（1928-）是雲南企業家。1979年，他被調進瀕臨倒閉的玉溪捲煙廠擔任廠長，進行改革，該廠生產的「紅塔山」香煙在八十年代後期迅速崛起，成為納稅大戶，撐起雲南財政半壁江山。褚時健也走上了人生巔峰，各種國家級榮譽接踵而至。但好景不長，1995年，褚時健被匿名檢舉貪污受賄，四年後被判無期徒刑，女兒於河南獄中自殺，夫人也身陷囹圄。這時他已逾七十歲，看來人生到頭了。2001年，他獲減刑為有期徒刑17年。2002年，因嚴重的糖尿病獲批保外就醫。75歲那年，他向昔日的朋友們籌了1000萬，包下了雲南哀牢山上2400畝的林場，與妻子一起種橙，人們把他種的柳丁（橙子）稱為「褚橙」。2011年，經再次減刑後，褚時健刑滿釋放。「褚橙」通過電商售賣，進入全國市場。褚時健84歲還在重新創業，獲得了著名企業家王石、柳傳志的高度讚揚，被人們奉為精神偶像。

【時析】這兩句詩內含禪機。如俞陛雲所說：「行至水窮，若已到盡頭，而又看雲起，見妙境之無窮。可悟處世事變之無窮，求學之義理亦無窮。此二句有一片化機之妙。」水窮處沒有水了，但詩人心態從容，不着急，反而坐在水窮處，看着水汽在天空蒸而為雲，雲的形成和上升雖然慢悠悠的，卻將形成雨降而為水。可見人生的處境，處處都有生機，關鍵在調整心態，心態順了，逆境也能變成美境，人生如同在路上，拐彎處的風光也是風光，另有一番風味，不要輕易放過。一路向前走，層層疊疊，不斷地打開「奇境」。

英豪情邁

人生總有溝溝坎坎，不可能天天都一帆風順，遇到挫折時，不要動輒想不開。自殘自殺跳樓，都是輕率的行為。一生只有一次，哪能經你一跳？真以為是電子遊戲中的人物，百殺不死，死而復活？學學佛教的智慧吧，當你不能改變外在環境時，就應該改變自己的心態。心裏退一步，立刻就海闊天空了。

【例句】他投資失敗，只好出去打工，三年下來，不僅甩掉了高脂肪高血壓和失眠症，兒子也擺脫了「富二代病」，懂事了，還考上了名牌大學。他覺得命運就如過山車，行至水窮處，坐看雲起時，一處有一處的風景，其實樣樣都不會耽誤。

大江東去，浪淘盡，千古風流人物。
宋·蘇軾《念奴嬌·赤壁懷古》

【今譯】長江向東流去，波濤滾滾，把那些千百年來的英雄豪傑都給沖洗掉了。

【故事】《三國演義》刻畫了一個個栩栩如生的人物，劉備、關羽、張飛、諸葛亮、趙子龍、黃忠、馬超、魏延、馬稷、姜維、呂布、曹操、司馬懿、孫權、周瑜，真是「一代人的豪華演出」，三派人馬爭奪天下，三國鼎立互相鬥爭的過程中，這些人一個個消失，到最後統一三國的是喜歡搞陰謀詭計的司馬家族，百年歷史也就拉下了大幕，歷史的痕跡最後越來越輕，到蘇軾的時代，在赤壁這樣發生過決定三國命運大戰的地方，也只見驚濤拍岸，飛鳥掠過，不見一絲古時人物的蹤影，好像甚麼也沒有發生過，當真是人生如夢啊！

英雄豪情邁

【時析】歷史人物對自己的評價和歷史對他們的評價是不同的，常常發生誤差。有的人認為自己很重要，死後國家就不轉了，其實他們死後地球照樣轉，人民照常活，而且活得好了，一些獨裁者就是這樣的。有的人根本沒有意識到自己也許很重要，但是卻對後人發生了長遠的影響，比如發明印刷術、紙張、火車、汽車、飛機、輪船、青霉素、鏈霉素、互聯網、電腦的人，他們永久性地改變了人們的日常生活方式。個人在世時的影響和死後的影響也是不一樣的。有一些人生時很卑微很無奈，或者毫不顯赫，如耶穌、老子、孔子，死後卻影響着人們的思維方式和話語方式，有一些人生前赫赫威名，名震一方，死後卻被人唾罵，或被徹底遺忘，如希特勒、秦檜、魏忠賢之流。在演義和文學的世界裏，似乎一些時代格外亮眼，如三國時代，一些時代則暗淡無光，如五代十國，其實，這都是因為文學的影響，老天並不偏袒某一時代或遺棄另一時代，每個時代都有其出彩的地方，有其傑出的人才。在亂世，一將功成萬骨枯，人的性格特徵得到發揮，側重破壞，在治世，歲月靜好，人的才能在宗教、文學、藝術各方面發展，側重積累，有一些遺產可以傳下來。所謂歷史霸業，宏偉藍圖，百年後會有痕跡，一千年後就很難說了。赤壁之戰，到了一千年之後的明朝詩人楊慎的《臨江仙》，就只是「是非成敗轉頭空，青山依舊在，幾度夕陽紅」。所以，我們不僅要有「小歷史」的觀念，還要有「中歷史」和「大歷史」的觀念，對所謂「歷史影響」要加以認真考察。

【例句】我們到南京旅遊，在當年王爺貴族、將軍文臣、才子佳人漫步過的秦淮河邊，竟產生了一點「大江東去，浪淘盡，千古風流人物」的意味。

第八章

愛情

關 情 戀

關 愛情 戀

春蠶到死絲方盡，蠟炬成灰淚始乾。
唐‧李商隱《無題》

【今譯】春蠶結繭到死時絲才吐完，蠟燭要燃盡成灰時燭淚才會乾。

【故事】2005 年，外交官朱敏才退休後，跟曾任小學英語教師的妻子孫麗娜，從北京來到貴州農村支教。山區小學條件艱苦，居住簡陋，而他們毫不後悔，從不退縮。2014 年，朱敏才因勞累在疾，突發腦溢血，被送進遵義縣人民醫院。山區的孩子們常問：「朱老師甚麼時候回來啊？」朱敏才臥病在床，身體不容樂觀。但只要有人問他「你最想幹甚麼」，他就會說「給孩子們上課」。他們的事跡為很多人知曉，2015 年被公評為「感動中國人物」。在中國，像他們這樣願到貧困地區支教的退休老人、青年志願者和外國友人還有不少。

【時析】李商隱這句詩的原意是用「絲」來諧音「思」，指思念不盡。他可能是用來指愛情的，但用在父母對孩子、老師對學生的感情上也是合適的。父母對孩子的愛，和孩子對父母的愛是不對等的。父母對孩子的愛是無條件的，而孩子長大後會否愛父母卻不一定。孩子到外面的每一天，父母都擔心，這種「思念」，不做父母的是不知道的。如果說父母是從身體上生養子女，關心子女，那麼老師對於學生，就是關心學生心智和人格的成長，他們希望學生成才，想方設法，因材施教，以成為各行業有用之才。他們的職業就決定了他們要天天「想着」學生，讓他們精神上成長。正是從這個角度，人們常用李商隱的這兩句詩來形容教師，還是比較恰當的。

【例句】「春蠶到死絲方盡，蠟炬成灰淚始乾」，這不就是父母對子女關愛的寫照嗎？

關<ruby>愛<rt>戀</rt></ruby>情

東邊日出西邊雨，道是無晴卻有晴。
唐．劉禹錫《竹枝詞二首．其一》

【今譯】東邊太陽照耀，西邊卻在下雨。你說無晴（情）吧，卻又有晴（情）。

【故事】在《哈利波特》中有一個人物斯內普（Severus Snape），他是魔法學校的教師，這個人亦正亦邪，看上去冷漠刻薄，對哈利波特很不友善。其實，他在年輕時曾經愛過哈利波特的母親莉莉，兩人因斯內普崇拜伏地魔而分道揚鑣。斯內普在莉莉死後，醒悟到應該反對伏地魔。他對哈利波特表面上很嚴厲，其實一直在關照他，最後，他因與伏地魔戰鬥而死。

【時析】傳統稱謂用「慈」「嚴」來分別指稱母親和父親，父親似乎是一種威嚴的、高高在上的角色，但正如魯迅詩所說：「無情未必真豪傑，憐子如何不丈夫」，這種嚴慈觀遭到了顛覆。著名小說家汪曾祺在《多年父子成兄弟》一文中，把父子關係當成一種平等的朋友關係，就已完全沒有傳統的「嚴父」形象了。

現實世界的魅力，就在於很少有人能做到百分之百的無情，或百分之百的有情，總是無情與有情相混，道是無情卻有情，道是有情卻無情，需要我們仔細辨別。在感情問題上，對那些玩曖昧、腳踏三隻船的花花公子或無節操女，都應該警惕，免受其害。

【例句】他不能確定她的感情，追也不是，不追也不是。因為她就像東邊日出西邊雨，道是無晴卻有晴，一方面似乎是在拒絕他，打消他的念頭，一方面又似乎是在誘惑他，慫恿他去追她。

愛情

關愛情戀

身無彩鳳雙飛翼，心有靈犀一點通。
唐・李商隱《無題・其一》

【字譯】靈犀：古書記載，有一種犀牛角名通天犀，有白色如線貫通首尾，被看作為靈異之物，故稱靈犀。「一點通」的想像也由此而來。借喻心靈的感應和暗通。

【今譯】身上沒有彩鳳那雙可以飛翔的翅膀，心靈卻像犀牛角一樣，有一點白線可以相通。

【故事】禪宗五祖弘忍有兩個得意的弟子，一個是神秀，他主張漸修；一個是慧能，他主張頓悟，他的名言是「本來無一物，何處惹塵埃」。弘忍偏愛慧能，想將衣缽傳給慧能，但又怕神秀嫉妒他，加害於他。因此，他在慧能舂米時，走去問他：「米舂好了嗎？」慧能答：「米舂好了，就是還欠篩一篩。」——意思就是，「修行好了嗎？」「修行好了，只是還欠師父點撥一下。」弘忍就用杖子在舂米的石碓上敲了三下。慧能心領神會，當晚三更鼓時去找弘忍，弘忍就將衣缽傳給了他。

【時析】「心有靈犀一點通」不限於指男女之間的愛情，也可以指任何人之間的心意相通、會心會意。一些體育運動，如溜冰、雙人舞，都需要彼此心意相通。再如排球、雜技，都需要隊友彼此會意。在長期共處的朋友、同學之間，也會有此情形。在一些諜戰片中，我們會看到，有時一個眼神，一個輕微的動作，就能決定生死成敗。

【例句】白朗寧和伊莉莎白都是非常優秀的詩人，在英詩史上佔有重

要的一章，他們的愛情酬唱可以說是身無彩鳳雙飛翼，心有靈犀一點通，有時一個詞、一個句子就說明了一切。

問君能有幾多愁，恰似一江春水向東流。
五代・李煜《虞美人》

【今譯】問你能有多少哀愁，那哀愁正如春天的江水，滔滔不絕向東奔流。

【故事】《虞美人》是南唐後主李煜的代表作，也是他的絕命詞。據說他在自己生日之夜（正好是七夕），在寓所命故伎作樂，唱新作《虞美人》詞，聲聞於外。宋太宗的密探將之報告給宋太宗，宗太宗聽了詞裏的「故國不堪回首月明中」，認為李煜仍在為故國召魂，怒，命人賜李煜藥酒，將之毒死。

【時析】雖說現代人心理疾病多多，但也不一定就比古人多。古人生活的不穩定，也未必比今天要少。如果生逢亂世，那幾乎就要天天發愁，擔憂自己和親人的安危了。在這種情況下，看透生死的宗教，會起到緩解焦慮的作用。佛教在中國的大流傳是在魏晉南北朝時，不是沒有原因。因為當時亂世，人民流離失所，朝不保夕，宗教恰恰能解釋他們的處境，安頓他們的心靈。

其中一個重要的因素，就是佛教叫人「放下」，看到萬事緣起性空，人生無常的本質，當人們放棄了對生的執着，也就獲得了當下的喜樂。在當代生活中，人無往不在枷鎖之中，學生要面臨種種考核、

標準，員工要面臨業績考核、各種指標……壓力巨大，每天從早晨醒來就忙個不停，用莊子的話說，無時無刻不在「勾心鬥角」，也因此患得患失，精神疾病頻發。學一些佛教、道教的智慧，「放下」「放空」許多的執着和貪愛，截斷眾流，也許能起到治療的作用。練習內觀療法、瑜伽等等，或許亦有調節的功效。

【例句】丈夫炒股失敗，老婆笑問他：「問君能有幾多愁，錢還在否？」丈夫妙答「錢全沒了，恰似一江春水向東流」。

曾經滄海難為水，除卻巫山不是雲。
唐·元稹《離思五首·其四》

【字譯】曾經：曾經到臨。經：經臨，經過。難為：不足為顧、不值一觀。除卻：除了，離開。

【今譯】曾經到臨過滄海，別處的水就不足為顧；除了巫山，別處的雲都不稱其為雲。

【故事】英語中有一個諺語叫 A Penelope's Web，亦作 The Web of Penelope，意思是「故意拖延的策略」或「永遠做不完的工作」。這個諺語來自於荷馬史詩《奧德賽》中的一個人物珀涅羅珀（Penelope）。她是英雄奧德修斯的妻子，也是美女海倫的堂妹。奧德修斯是希臘伊大卡島（Ithaca）的國王，他隨希臘聯軍遠征特洛伊，十年苦戰結束後，將士們紛紛歸國，惟獨他命運坎坷，歸途中又在海上漂泊了十年。外間盛傳他已客死他鄉。一百多個來自各地的王孫公子，聚集在他家裏，

向他妻子珀涅羅珀求婚。為了擺脫他們的糾纏，她想出個緩兵之策，她宣稱等她為公公織完一匹做壽衣的布料後，就改嫁給他們中的一個。於是，她白天織這匹布，夜晚又在火炬光下把它拆掉。就這樣織了又拆，拆了又織，沒完沒了，拖延時間，等待丈夫歸來。奧德修斯回到家園，把那些在他家裏宴飲作樂、胡作非為的求婚者一個個殺死，終於夫妻團圓。

【時析】這兩句詩的意思是，經歷過無比深廣的滄海的人，別處的水再難以吸引他；除了雲蒸霞蔚的巫山之雲，別處的雲都黯然失色。以滄海之水和巫山之雲隱喻愛情之深廣篤厚，見過大海、巫山，別處的水和雲就難以看上眼了。有大視野、見過大世面，或經歷過重大事件的人，碰到小事件和小場面，就會有這種「比較」意識。這裏要特別說一下，巫山是風景秀麗、險峻雄奇的長江三峽風景中，最為神奇的景點之一，今天坐遊輪遊三峽，如果趕上有雲霧的天氣，仍能看到巫山的神女峰，孤獨地隱在繚繞的雲霧之中，似在等待着離人的歸來。

【例句】他被降級使用，從大醫院院長一下子成了社區醫院主任，曾經滄海難為水，除卻巫山不是雲，他怎麼能安心這個職位呢？不久他就辭職走人了。

衣帶漸寬終不悔，為伊消得人憔悴。
宋·柳永《鳳棲梧》

【字譯】衣帶漸寬：指人逐漸消瘦，因此衣帶就顯得寬了。消得：值得。

【今譯】衣帶逐漸寬鬆，我日漸消瘦，但也不後悔，為了她（他）我情願一身憔悴。

【故事】《紅樓夢》中的林黛玉，跟賈寶玉心靈相通，對許多事情的看法（如科舉）一致，可以說有共同的價值觀，兩人深深愛慕，愛情十分純真和純粹。當時年輕人的婚姻都是家族包辦，賈府決定讓寶玉跟薛寶釵結婚。林黛玉身體本來不好，這時變得更加消瘦，她聽說家長安排寶玉跟寶釵結婚，病情驟然惡化，在憂悶中死去。

【時析】如果說古人在失戀時是茶飯不思，變得憔悴，現代人卻常常以相反的方式應付失戀狀態：暴飲暴食，「為伊吃得胖三圈」。可能是出於「反正沒人看我了，我再苗條給誰看呢」這種心理吧！生命第一，愛情第二，同學們還是要注意身體啊！

　　這句詩也可以指對學業和工作的重視。想想，你為了學業夜以繼日地加班，少吃少睡，「為伊消得人憔悴」，是多麼的專注。不過跟上面的勸告一樣，同學們還是要注意身體啊！

【例句】要成就大事業、大學問，就要有「衣帶漸寬終不悔，為伊消得人憔悴」的覺悟和心理準備。

兩情若是久長時，又豈在朝朝暮暮。
宋·秦觀《鵲橋仙》

【今譯】只要兩情至死不渝，又何必貪求卿卿我我地天天泡在一起呢？

162

關愛情戀

【故事】南北朝的宗懍《荊楚歲時記》記載了牛郎織女的傳說。裏面說到:「天河東邊住着織女,是天帝的女兒。她年年在織布機上勞作,織出錦繡天衣,沒有空閒打扮容貌。天帝可憐她獨自生活,准許她嫁給天河西的牽牛郎。織女出嫁後荒廢了紡織的工作,天帝大怒,責令她回到天河東,只許他們一年相會一次。每年入秋的第七天,我們總會看見喜鵲的頭頂突然禿去。相傳這天牛郎和織女在銀河東岸相會,役使喜鵲做橋樑從牠們頭頂走過去,所以喜鵲頭上的毛都被踩禿了。」後來,牛郎星旁邊的兩顆小星更被附會成他們倆生出的一兒一女。這樣,七月七日就成了七夕節、乞巧節,或者說中國的情人節。關於牛郎織女的故事的詩文,也逐漸地多了起來。秦觀的這首,是顛覆前人的詩詞,獨出新意的。

【時析】關於牛郎織女的詩詞很多,大多是哀歎其分離,希望其天天相逢的。秦觀這兩句詞則別開生面,揭示了愛情的一個真諦:愛情要經得起長久分離的考驗,只要能彼此真誠相愛,即使終年天各一方,也比朝夕相伴可貴。

現在一些大城市裏流行「週末夫妻」:夫妻兩人平時上班各居一處,週末則聚在一起,有益於事業發展。這比較適合於尚未有孩子的兩人家庭。如果有了孩子,是否合適可以再考慮。

古代交通不便,隔着幾百公里就已經音訊難通了。中國南方的人常常「下南洋」,尋找商機和出路。由於是去往人生地不熟的異地,前途生死未卜,許多人都是在出洋前在家鄉先結婚生子,將後人留給父母妻子撫養,自己隻身去南洋闖天下。在南洋賺錢致富後,再回家鄉或者將妻兒接過去。在成功之前,夫妻很少見面是常見的事。徽商也是如此。徽州人到江浙經商,留下妻兒在家裏陪伴父母,自己在外

163

拼搏，發財致富後再把妻兒接過去。現在中國的很多「農民工」，丈夫或妻子到外打工，把另一方留在農村裏，或丈夫妻子一起到外打工，把孩子留在農村讓父母照顧的也有很多，不能一家團聚，造成了一些社會問題，成為「留守妻子」或「留守兒童」。近幾年這種狀況有一些改善。隨着手機、網絡的發達，傳統意義上的「朝夕相處」用來形容時時刻刻的精神交流更為恰當。如果在銀河裏也有網絡，牛郎和織女能夠互發手機短信和語音視頻聊天，恐怕也不會再像以前那麼寂寞，生活難以忍受吧？

【例句】她的父母一輩子聚少離多，靠書信維繫着愛情的美好，有時她翻閱父母的書信，覺得那個年代的人重在心靈的溝通，深明「兩情若是久長時，又豈在朝朝暮暮」的含義，而今天的人未免太着急，太看重於身體的成份。

關關雎鳩，在河之洲，窈窕淑女，君子好逑。——
周·佚名《詩經》

【今譯】關關對唱的雎鳩鳥，在那河中小洲島。姑娘文靜又秀麗，君子求她結情侶。

【故事】司馬相如是西漢有名的辭賦家，音樂家。他早年家貧，不得志，父母雙亡後寄住在好友縣令王吉家裏。卓王孫是當地大富豪，他的女兒卓文君當時十七歲，生得如花似玉，有人這樣形容：「眉色遠望如山，臉際常若芙蓉，皮膚柔滑如脂。」她不只貌美，還有文才，也善奏琴。她本來已許配給某一皇孫，不料那皇孫早夭，文君未成婚便在家守寡了。有一天，卓王孫在家宴請王吉，司馬相如也在被請之

列。席間，免不了要作賦奏樂。司馬相如知道文君貌美多才，於是奏了一首《鳳求凰》。卓文君也久慕司馬相如之才，於是躲在簾後偷聽，琴中求偶之意如何聽不出。兩人互相愛慕，卻受到了卓王孫的阻撓，沒辦法，只好私奔。兩人生活無着，文君就把自己的頭飾當了，開了一家酒舖，親自當壚賣酒。消息傳到卓王孫耳中，他覺得還是面子要緊，就送了一大筆錢給他們，算是承認了這門婚事。

【時析】在先秦，民風奔放，到了漢唐，仍舊有司馬相如之類的佳話流傳。只是到了宋代後，理學家才用禮法將漢人一重又一重地裹了起來。其實，正如花朵有春天，人生也有花季。哪個少女不善懷春？哪個少年不善鍾情？進入青少年時期後，想談戀愛是正常，是人的自然法。問題只是如何樹立適當的戀愛觀。從前人們壽命短，三四十歲就去世的很多，因此結婚早，生育也早。現在預期壽命八九十也正常，四五十歲的「資深青年」多的是，加上學業、工作的壓力，普遍地晚婚晚育，在這種情況下，人們的婚戀觀也比以前有所改變。一生只愛一人或一生只婚一次的觀念有所變化，離婚率上升，造成了許多社會與家庭問題。新問題需要新解決，總要妥當地處理才好。

【例句】窈窕淑女，君子好逑，張家的閨女長得這麼俊俏，上門求親的都快踏破了門檻。

天長地久有時盡，此恨綿綿無盡期。
唐・白居易《長恨歌》

【字譯】恨：遺憾。綿綿：連綿不斷。

關愛情戀

【今譯】即使是天長地久，也總會有盡頭，但這生死遺恨，卻永遠沒有盡期。

【故事】古時女子不能拋頭露面，有個叫祝英台的好學姑娘，只好女扮男裝，混到書院讀書。她跟同學梁山伯共處三年，形影不離，白天一同讀書，晚上在一間宿舍裏睡覺。祝愛上了梁，梁卻不知祝是女人。有年清明節，兩人去外遊玩，祝借景物向梁暗示，自己是個女人，可是梁完全不解，還嘲笑祝。最後祝只好向梁直白，梁才恍然大悟。同班同學馬文才偷聽到了兩人談話，也得知了祝是女人。家人寫信催祝英台回家。臨走前，祝給梁留了一封信，說「二八、三七、四六定」，意思是三次叮囑梁十天後去祝府提親，但是梁誤解了信的意思，以為是三個十天加在一起。等他到祝家提親時，祝家早已答應馬文才了。梁心碎回家，祝一路相送，難捨難分。梁回家後，病重，寫信給祝，望她能來探望自己。祝回信告訴他，今生無緣，只希望二人死後一起安葬南山。梁病死，祝假意應允馬家婚事，但要求迎親隊伍必須從南山經過，並且讓她下轎祭拜梁。祝下轎拜墓，一時風雨大作、陰風慘慘，梁的墳墓竟然裂開，祝跳進去，墳墓馬上合起來。不久，便從墳墓裏飛出一對蝴蝶。梁祝二人生前不能成雙入對，死後化為蝴蝶，天天比翼齊飛。

【時析】現代社會婚姻自由自主，但是否梁山伯與祝英台們就能在天可為比翼鳥，在地可為連理枝了呢？也不盡然，反而是離婚率比以前高出許多。中國一些地方的離婚率，比如北京上海這樣的大城市，已不低於美國和法國這樣的國家了。從前離婚率低，並不一定意味着夫妻感情就比現在好，而是因為有許多因素限制着人們離婚，比如，以前是熟人社會、宗族社會，兩個人的婚姻往往是兩個村落、兩個宗族

166

之間的聯姻，離婚會導致整個社會關係的破裂，後果嚴重；那時的傳統觀念也認為離婚是可恥的，要被人看不起的；那時婦女沒有獨立的經濟地位，即使生活不幸也只能忍氣吞聲，等等。現代社會是個陌生人社會，離婚僅僅是兩個人之間的事，沒有牽涉到太多的社會關係，人們也不在觀念上覺得離婚是可恥的、低人一等的，女人經濟獨立，社會地位也高了，不再願意忍受品質不高的婚姻，同時，現代社會誘惑多，男女結識異性的機會遠多於古代，這種種因素就導致了離婚率高的現象。只是，離婚率是個事實，這並不意味着離婚率高就是合理的，因為，婚姻畢竟不只是兩個人的事，還涉及到孩子、財產、親情等，應該慎重考慮。

【例句】兩人本相愛，卻因面子問題而分手，多年後他想起來就後悔，頗有「此恨綿綿無盡期」之感。

回眸一笑百媚生，六宮粉黛無顏色。
唐·白居易《長恨歌》

【字譯】六宮粉黛：指宮中所有嬪妃。古代皇帝設六宮，一為正寢（日常處理政務之地），五為燕寢（休息之地），合稱六宮。粉黛：女性化妝用品，粉用來抹臉，黛用來描眉。這裏代指六宮嬪妃。無顏色：意謂相形之下，都失去了美好的姿容。

【今譯】她回眸一笑時，千姿百態、嬌媚橫生；六宮妃嬪相比之下，一個個都黯然失色。

關 愛 情
戀

【故事】以間接、烘托的筆法寫美人的，在別的詩裏也有。比如《陌上桑》寫美女羅敷，沒有直接寫她面貌、穿着如何，只是說只要她一來，「耕者忘其犁，鋤者忘其鋤。來歸相怨怒，但坐觀羅敷」。在《荷馬史詩》中，引得希臘人和特洛伊打了十年戰爭、死傷無數的美女海倫，荷馬也沒有直接寫她的美貌，而是通過特洛伊長老們之口來描述她的美。在戰爭進行的第九年，當希臘聯軍兵臨城下，特洛伊危在旦夕時，特洛伊長老們坐在望樓上，看到海倫來到了望樓上，便彼此說：「兩國的男人們為這樣一個女人流了許多血，／沒甚麼可以抱怨的，／她看起來就像永生的女神。」對此，德國思想家萊辛評論說：「能叫冷心腸的老年人承認為她打仗是值得的，有甚麼比這更能引起生動的美的意象呢？」正是由於荷馬的這種高超的間接筆法，使得後來任何關於海倫的油畫和電影，都不能滿足人們的想像，而只能得到貶評。

【時析】當我們說「媚」時，是說這個女人很有「女人味」，側重於氣質。她跟「漂亮」是不一樣的。「漂亮」可以是天生的，父母給的美貌，也可以是後天的，手術刀雕刻出的精美。但是「漂亮」僅涉及外表，只在初相見時有吸引力，如果缺乏內涵，「漂亮」是不會長久地吸引一個人的。正如西諺所說，「Beauty is only the skin deep」（漂亮只是一層皮）。可是當一個女人有「女人味」的時候，雖然她可能算不上很漂亮或漂亮，卻會具有一種獨特的魅力，長久地吸引男人。這種差異，大概就是所謂「外功」跟「內功」的差別吧。

【例句】《甄嬛傳》裏的妃子，本來都是「回眸一笑百媚生，六宮粉黛無顏色」的大美人，但為了爭寵卻鬥得你死我活，個個心狠手辣，面目猙獰。

168

上窮碧落下黃泉，兩處茫茫皆不見。

唐・白居易《長恨歌》

【字譯】窮：窮盡，找遍。碧落：指天空。黃泉：指地下。

【今譯】升天入地遍尋天堂地府，都毫無結果。

【故事】音樂家李延年的妹妹是一位絕代麗人，她嫁給了漢武帝，被立為夫人。李夫人死後，漢武帝特別想念她，經常夢見她。傳說他找到一個姓李的方士，問他能否把李夫人的魂招來，跟他相會。方士花了十年的時間，在海外找到能讓魂魄依附的「潛英之石」，刻成李夫人的模樣放在帷幕之中，果然恍若李夫人再世。（此為後世皮影戲之由來。）漢武帝非常高興，想要走近「李夫人」身邊，方士卻說那石上有毒，況且魂魄並非活人，只能遠看不能靠近。為了不讓漢武帝誤碰，李少君很快便將這石像打碎成粉，做成藥丸讓漢武帝服下，從此漢武帝再也沒有夢到李夫人。漢武帝築了一個夢靈台，用來祭祀李夫人。

【時析】「上窮碧落下黃泉」，這句詩不僅可用來表示愛情的執着，也可用來表示持之以恆，鍥而不捨的精神，比如對真理的追求，對學問和知識的追求。

　　近些年大陸拐賣兒童的犯罪很猖獗，人販子使得很多家庭家破人亡。大陸演員趙薇近年主演過一部電影叫《親愛的》。一對深圳夫婦的孩子被人販子拐賣到農村。他們花了好幾年功夫，在全國各地到處張貼尋人啟事，如大海撈針一般尋找着自己孩子的線索，不放過任何一個可能的機會。這種執着的精神就是「上窮碧落下黃泉」。

【例句】民國時候中央研究院史語所有一個傳統，那就是「上窮碧落下黃泉，動手動腳找材料」，講究有一分材料說一分話。

相見時難別亦難，東風無力百花殘。
唐・李商隱《無題》

【字譯】別亦難：這裏的「別」不是說當下正在告別，而是說既成的分離的狀態，難，指痛苦難受。東風，春風。殘，凋零。

【今譯】相會難，離別了也難，（暮春了），春風無力，百花凋殘，（令我多傷感。）

【故事】《魂斷藍橋》（Waterloo Bridge）是一部有名的電影。一戰期間，回國度假的陸軍中尉羅伊在滑鐵盧橋上邂逅了舞蹈演員瑪拉，兩人彼此傾心，愛情迅速升溫。就在兩人決定結婚之時，羅伊被召回營地，二人被迫分離。由於錯過劇團演出，瑪拉被開除，只能和好友相依為命。不久傳來羅伊陣亡的消息，瑪拉精神崩潰了。對於她來說，失去了愛情一切都失去了意義。為了生存，她和好友不得不淪為妓女。然而造化弄人，瑪拉竟然再次遇到了羅伊。原來羅伊並未陣亡，那消息是誤傳。雖然瑪拉為羅伊的生還興奮不已，卻因自己的失身陷入痛苦之中。她感到一切難以挽回，潸然離開羅伊，獨自來到兩人最初相遇的地點——滑鐵盧橋，自殺身亡。

【時析】有句俗話不好聽，但很管用，叫作「好死不如賴活」。留得青山在，不怕沒柴燒，失去的是一棵樹，可是得到的是一片森林。人

家不愛你了，你還一味強求，何必呢？接受現實吧，先接受，再放下。
沒有過不去的坎。

　　我們可以發現，像李商隱、杜甫的許多詩句，是古今所有人都可
以理解的，精神相通的，因此具有恆久的價值。因為在情感上，雖然
古今的環境已有很大差異，但是基本的人類情感是相似的。因此，當
徐小鳳演唱《別亦難》時，並沒有讓人感覺那是唐朝時的歌，而就是
當下的現代人的歌。

【例句】兩人見面時吵鬧，離別時互相思念，當真是相見時難別亦難，
東風無力百花殘。

眾裏尋他千百度，驀然回首，
那人卻在燈火闌珊處。
宋・辛棄疾《青玉案・元夕》

【字譯】闌珊：暗淡、零落、將盡、衰殘。

【今譯】我在人群中一千回一百回地找他（她），卻都不是他（她），
偶一回頭，卻發現他（她）就在燈火暗淡之處。

【故事】1825 年，英國科學家法拉第（Michael Faraday，1791-1867）
首先發現了苯，但人們一直不知道它的結構。證據表明苯分子非常對
稱，但人們難以想像六個碳原子和六個氫原子是怎麼排列，形成穩定
的分子的。德國化學家凱庫勒也一直在思索這個問題。1864 年冬季的

一天，他坐在壁爐前打了個瞌睡，夢見原子和分子們跳舞，一條碳原子鏈像蛇一樣咬住自己的尾巴，不停地旋轉。他猛然驚醒，悟到苯分子是一個環，是一個六角形的圈圈。苯的結構就這樣被發現了。

【時析】著名學者王國維先生說，自古以來，凡是成就大事業、大學問的人，必然經過三種境界。第一個境界是「昨夜西風凋碧樹，獨上高樓，望盡天涯路」，就是立下高遠之志，高瞻遠矚，不受惡劣環境的干擾；第二個境界是「衣帶漸寬終不悔，為伊消得人憔悴」，就是執着理想，埋頭苦幹，忘我地奮鬥，即便有所犧牲也在所不惜；第三個境界是「眾裏尋他千百度，驀然回首，那人卻在燈火闌珊處」，就是水到渠成地獲得成功，而且這種成功仿佛是在不經意間獲得的，但實際上卻是由前面兩個階段累積而成，由量變導致質變的結果。表達這種境界的熟語也有不少，如「文章本天成，妙手偶得之」、「讀書破萬卷，下筆如有神」。

有人經過研究，提出「一萬小時理論」，發現在體育、音樂、外語等各種行業，要達到專家的程度，一般要投入一萬個小時專心的訓練，此即所謂「熟能生巧」。俗話說「台上一分鐘，台下三年功」，就是這個意思。「一萬小時」可能產生不了創造性的人才，但是肯定能造就專家（第二境界），已超出於平庸了。而專家再進一步，就可能會在某一天靈感迸發，有創造性的發明或發現（第三境界）。

絕大多數人的智慧都正於常態水準，天才和白癡是極少數，為甚麼同樣的幾十年活下來，這些智慧差不多的人，有的成了行業的翹楚和精英，有的人卻碌碌無為呢？王國維的三境界說，以及一萬小時理論，可以給我們啟發。

【例句】她年到三十，被父母逼着相親，都不樂意。有一天約了一個小夥見面，互有好感。一問，原來小夥在同一家大公司工作，兩人常常在公司擦肩而過，真是「眾裏尋他千百度，驀然回首，那人卻在燈火闌珊處」。

山盟雖在，錦書難託，莫，莫，莫！
宋·陸游《釵頭鳳》

【錦書】寫在錦上的書信。莫：罷了。

【今譯】山盟海誓還在，可是難以交託書信，罷了，罷了，罷了！

【故事】南宋詩人陸游與唐婉青梅竹馬，結為夫妻，因唐婉未育，陸母又嫌唐婉耽誤陸游考取功名，加上受八字先生的胡言亂語影響，逼令二人離婚。兩人各自另婚。一次，陸游到沈園遊玩，偶遇唐婉，二人傾談後離別。陸游感慨萬千，在園牆上寫下了這些句子，意即兩人即使離婚很久，仍舊掛念着彼此，舊情未變，可是即使我給她寫了信，也不能交給她（因為她已嫁他人），就算了吧！第二年，唐婉重遊沈園，看到陸游寫在牆上的這首詩，也悲從中來，和詩一首。不久她就病死了，死時才二十幾歲。陸游長期在外地做官，四五十年後，他又幾次重回沈園，看到物是人非，寫了好些悼念唐婉的詩。

【時析】假如兩人才情相當，兩情相悅，是真正的「靈魂伴侶」（soulmate），因父母的緣故才被迫分手，造成了一生的愛情悲劇。所以如果兩人真心相愛，一定要頂住外界的壓力，不要輕易地分離，否

則就會像陸游這樣，造成終生的遺憾。同時，即使悲劇已成，也要珍惜生命，不要動輒跳樓輕生。

【例句】廣東東莞有兩個大家族，百年前因起過糾紛而斷絕來往，禁止兩家男女互相嫁娶。即使到了現在，這禁令也仍在令偷偷談戀愛的情侶們為難，他們的戀愛婚姻受到家人阻撓，山盟雖在，錦書難託，跟歐洲羅密歐與茱麗葉的故事類似。

山有木兮木有枝，心悅君兮君不知。
周‧佚名《越人歌》

【今譯】山上有樹啊樹有枝（知），我鍾意你啊你卻不知道！

【故事】楚國襄成君剛被封了爵位，楚大夫莊辛想表示祝賀，他跑去想和襄成君握一握手。當時等級森嚴，握手是犯禮的行為，襄成君很生氣。莊辛就給襄成君講了一個故事。

有一天，鄂君子坐在遊船上，划槳的越國人邊划邊唱。歌聲委婉動聽，鄂君子很受感動，但就是聽不懂他在唱甚麼，於是找來一位翻譯，讓他把歌翻譯成楚國話。這就是後世聞名的《越人歌》，歌詞如下：「今夕何夕兮？搴舟中流。今日何日兮？得與王子同舟。蒙羞被好兮，不訾詬恥。心幾煩而不絕兮，知得王子。山有木兮木有枝，心悅君兮君不知。」

意思就是：今天是個甚麼樣的好日子啊！我駕着小舟在江上漂流。/ 今天是個甚麼樣的好日子啊！我竟然能與你同船共渡。/ 承蒙你看得起啊！我只是個划船人啊，你卻不嫌棄也不責備我。/ 我心裏多麼緊張啊停也停不住，因為我居然看到了你！/ 山上有樹啊樹上有枝，我這麼喜歡你啊，你卻不知。

鄂君子聽明白歌詞的意思後，立即走上前，擁抱了那位划船人。

襄成君聽完這個故事，也走上前去，向莊辛伸出了友好的雙手。

這個故事發生在公元前 540 年前後。這首《越人歌》是中國歷史上第一首譯詩。

【時析】這個故事告訴我們，友誼是需要表白和爭取的，人心都是肉長的，站在高處的一方也是需要友誼的，否則他會很孤獨。

在今天，這兩句詩倒是可以成為單戀者的利器。當你是個容易害羞的男人或女人，你可以大膽地給她 / 他送上這兩句詩，她 / 他如果讀過本書，一定會明白你想說甚麼。

【例句】她很想對他直接表白，但又害羞，最後給他發了一條「山有木兮木有枝」的短信，問題是他並不知道這句詩的後一句是「心悦君兮君不知」。

死生契闊，與子成說。執子之手，與子偕老。

周·佚名《詩經·邶風·擊鼓》

【字譯】契闊：離合。契即合，闊即離。成說（shuō）：立下誓言。與子成說：和你立下誓言、和你約定好。

【今譯】生死離合，我與你立下誓約。拉着你的手，和你一起老去。

【故事】在英國一千年的歷史中，還沒有一位國王主動遜位。可是愛德華八世做到了。他愛上了一個叫「辛普森夫人」的離過兩次婚的美國女人，為此主動退位。他們的愛情被英國和歐洲上流社會視為大逆不道，當時的歐洲人也難以寬容和認同他們。成千上萬國王的支持者從收音機裏聽到了國王退位的聲明，淚流滿面地癱倒在地。可是對於愛德華八世來說，他雖然失去了王位和王國，卻得到了他最珍視的愛情與自由。

【時析】俗話說，「衣不如新，人不如故」，從前由「熟人社會」構成的「慢生活」裏，人們生活在一個由老友、老伴、老本（身體）和諧構成的社會大家庭裏，周圍的環境和人基本都知根知底，是可預期、可信任的。現代化使人們快速地進入了一個「陌生人社會」，男女的結合也往往是靠第一印象迅速地進行，但第一印象常常是錯誤的，因缺乏了解和信任而出現了「閃婚閃離」的現象。有的人買一台合適的電腦要找幾個月，不知道為甚麼找一個陪伴一輩子的對象卻只花一兩週？嚴重地不對稱。還是慢一點的好，給自己和對方時間去充分地了解吧。

關 愛情
戀

【例句】他希望能找到一個能夠「執子之手，與子偕老」的女子為妻，她希望能找到一個「靈魂伴侶」度過終生，可惜，他們經常在同一條馬路上摩肩接踵的人群中擦肩錯過。

一日不見，如隔三秋。
周·佚名《詩經·王風·采葛》

【字譯】秋：指季度，一年四季，三秋即三季，共九月。

【今譯】一天不見，就好像三個季度都沒有見了。後泛化為「一天不見，如三年不見」。

【故事】有人問愛因斯坦：「相對論到底是甚麼？」愛因斯坦給了一個幽默的回答：「你坐在美女身邊一小時，感覺就像一分鐘，而夏天你在火爐旁坐上一分鐘，感覺就像一小時，這就是相對論！」

【時析】愛因斯坦的這個笑話，說的是主觀的時間感受。痛苦時覺得時間過得慢，幸福時過得快，那時我們真希望時光停下來，像浮士德那樣喊一聲：「你真美啊，請停一停。」無論中國還是外國，都把「仙境」或「天上」的時間設置得跟凡間的不一樣，一般是「山中（仙境）方一日，世上已千年」，這大概是因為神仙的日子是幸福的，而人間的生活相對就辛苦了許多。

　　生活中一般認為鐘錶時間是客觀不變的，但是在相對論看來，時空是跟品質相連的，在大品質的星系中，時空是扭曲的。前兩年有一

部電影《星際穿越》，是講根據蟲洞理論，不同星系有不同的「時間」。科學家們在太陽系土星附近發現了一個蟲洞，通過它可以到遙遠的外太空尋找延續地球生命的機會。一個探險小組通過這個蟲洞穿越到太陽系之外，他們的目標是找到一顆適合人類移民的星球。在飛船上，探險隊員面臨著前所未有的挑戰。通過蟲洞的時候，他們發現飛船上的一個小時相當於地球上的七年時間，即使探險小組的任務能夠完成，他們的救贖對於地球上現在活著的人來說已經是太晚，飛行員必須採取另外的措施。

【例句】他對手機的依戀比對女朋友的依戀還要強烈，真是一日不見，如隔三秋，丟了手機就跟丟了靈魂伴侶似的。

還君明珠雙淚垂，恨不相逢未嫁時。
唐．張籍《節婦吟》

【今譯】我把你送的明珠還給你，兩眼垂淚，恨沒在嫁人之前遇見你。

【故事】張籍《節婦吟》這首詩是寫給權臣李師道的。全詩內容如下：「君知妾有夫，贈妾雙明珠。感君纏綿意，繫在紅羅襦。妾家高樓連苑起，良人執戟明光裏。知君用心如日月，事夫誓擬同生死。還君明珠雙淚垂，恨不相逢未嫁時。」中唐藩鎮割據，李師道即其中之一。他拉攏一些失意文人和中央官吏，樹立自己的勢力，這遭到主張大一統的韓愈的反對。張籍是韓門大弟子，此詩即為拒絕李師道的勾引而

作。詩用比興表明自己的態度，表面看是在抒發男女之情，其實「很政治」。詩名《節婦吟》，即表明政治節操。詩的意思是說，您明知我已嫁人，卻一定要送我明珠。我感謝您欣賞我，只是後悔沒有在嫁人前遇到您！我家裏也不窮，這兩顆明珠您還是拿回去吧！張籍用詩巧妙地拒絕了李師道的拉攏，而又不得罪他。估計李師道讀了，也只能苦笑一聲，無可奈何吧。

【時析】不過，就「恨不相逢未嫁時」這句詩來說，雖然本來是一首政治影射詩，在實際的運用中，卻常常回到它的字面意義。因為這是一種經常用的經驗，已婚的女子突然遇到了心儀的對象，但只能發乎情而止乎禮，因為自己的身份已變，已身有所屬，有必須承擔的婚姻責任和義務，有承諾和親情的牽絆，因此只能選擇「錯過」。雖有一絲悔恨，卻代表了一種成熟和高貴。有人把男女相遇的情形，用如下的句子加以概括：

在對的時間，遇見對的人，是一種幸福；
在對的時間，遇見錯的人，是一種悲傷；
在錯的時間，遇見對的人，是一種歎息；
在錯的時間，遇見錯的人，是一種無奈。
無疑，「恨不相逢未嫁時」就是第三種情況。

【例句】我剛簽約買了這房子，沒幾天又看到一間房更適合我，但沒辦法，我手頭的錢很有限，頭一個房子已簽了約，「恨不相逢未嫁時」，對第二個房子只能遙望歎息了。

關 愛情 戀

此情可待成追憶，只是當時已惘然。
唐・李商隱《錦瑟》

【字譯】此情：這份感情。惘然：惆悵的樣子。

【今譯】這份感情將成為往後美好的回憶，可是將來那個時候或許事與願違，讓人感到惆悵。

【故事】電影《天堂竊情》（Stealing Heaven，1988 年發行）重現了中世紀一個著名的愛情悲劇。經院哲學家阿伯拉爾（Pierre Abelard，1079-1142）是巴黎著名的神學教授，福爾貝請他教導他才貌雙全的侄女愛洛伊絲（Heloise，1100-1163）。師生朝夕相處，產生了愛情，愛洛伊絲懷孕了。為了不讓福爾貝知道，兩人私奔到外地，愛洛伊絲生下一個兒子。按當時的教會法，阿伯拉爾可以結婚，但職位和名聲會受影響。愛洛伊絲為了保護阿伯拉爾，不願結婚。她也並不在乎自己的名份。在阿伯拉爾的堅持下，兩人還是秘密地結婚了。福爾貝知道這件事後，為了自己的面子，不顧兩人的請求（保持秘密），到處宣揚他們結婚的事。為了阿伯拉爾的職位和名聲，愛洛伊絲跟福爾貝大鬧了幾次。阿伯拉爾只好把她喬裝成見習修女，送到巴黎附近的阿讓特伊女修道院。福爾貝知道後，認為阿伯拉爾是在玩弄他們，並非真的有意與愛洛伊絲結婚，而是想以讓她出家為藉口拋棄她。狂怒之下，他僱用了一幫惡棍襲擊並閹割了阿伯拉爾。這對情侶被迫分手，雙雙遁入修道院。兩人保持着通信，這些情書倖存了下來，成為文學經典。他們死後合葬在巴黎的拉雪茲公墓。

關 愛 情
戀

【時析】對我們人生影響最大的事情之中，愛情是一個。當愛情逝去時，要客觀地、冷靜地面對現實，要以一種類似於禪宗的「看破緣起」的「解脫」精神面對它：過去的就讓它過去，不要糾纏於過去的回憶，對於當時的痛苦也不要糾纏。如果說高考是一種「趕考」，感情也要「趕考」，過了這個關，人就會獲得一種成熟的感覺，進入一種負責任的理性狀態。

【例句】他們兩人的來往受到雙方家長的阻撓，兩人的感情籠罩在一種悲劇性的氣氛中，見了面彼此都很憂傷，真是此情可待成追憶，只是當時已惘然，不知以後能怎麼發展。

問世間，情是何物，直敎生死相許。
元·元好問《摸魚兒二首·其一》

【今譯】請問世上的人，愛情究竟是甚麼，竟會教（這一對情侶）以生死相許？

【故事】2016 年 2 月 14 日情人節，紅遍中國的情侶不是人間情侶，而是一對鵝情侶。廣東梅州鄧先生家養了一公一母兩隻鵝，已養一年多，可謂青梅竹馬。大年初二清早，鄧家要將母鵝送到親戚家待客。當鄧先生捆紮母鵝時，公鵝伸長了脖子，試圖解開母鵝身上的繩子，動作也十分親昵。公鵝一直在嘎嘎地叫喚，似乎在祈求主人放開母鵝。鄧先生女兒用手機將這一幕拍了下來。

愛關情戀

　　這張照片被鄧小姐放到微信上後，引起轉發狂潮，許多網友為兩隻鵝設想了不同的結局，如「與君吻離別，相送到村口，夕陽長身影，自此各天涯」，「鵝鵝鵝，別離淚何多，待得春花燦，託體同山阿」，「鵝鵝鵝，無言淚囑託，此地一為別，昔日待重過」，「鵝鵝鵝，曲項語無多。捨我一身剮，待你在東坡」，「餵君再飲一口酒，西出陽關無故鵝」，「這一吻別，從此以後，天各一方，一個曲頸向天歌，一個鐵鍋燉大鵝，從此永不相見，生死兩茫茫」……一時成為「詠鵝詩歌節」。

　　那麼，這兩隻鵝的真實結局又如何呢？母鵝被送到親戚家宰食了。因鄧家人都要外出打工，公鵝無人照看，公鵝也被宰了吃了。據鄧家人說，公鵝在被宰殺前，眼裏流出了眼淚。

　　【時析】動物有沒有情感、思維，哪些動物有，程度如何，這是十分有趣的問題，對於哲學和宗教來說甚至非常重要。比如對於持「六道輪迴」的佛教來說，家畜家禽這些「有情眾生」說不定就是你的前輩先人。你能就這個問題做一些資料的搜集，並和朋友進行討論嗎？

　　如果說動物能感受到痛苦，甚至像上面這兩隻鵝那樣預感到「十年生死兩茫茫」，那麼素食者不吃肉是有道理的。但是，現在他們的麻煩在於，科學家發現植物也能感受到痛苦。通過將感測器與植物的莖或枝相連，他們發現，當人給植物澆水的時候，植物會發出類似於人愉快地笑的聲音，而當殺害一株植物旁邊的同類的「兇手」經過這株植物時，這株植物會發出強烈的警覺信號。因此，關於植物是否有知覺，在科學界又引起了討論。如果植物確實是有知覺的，能感知苦樂，那麼，素食者們又該吃甚麼呢？

關愛情戀

【例句】金庸《天龍八部》中的阿朱，是執着於愛情的癡人，她為了自己所愛的人蕭峰而不惜獻出生命，做到了「直教生死相許」的地步。

此情無計可消除。才下眉頭，卻上心頭。
宋·李清照《一剪梅》

【今譯】這相思之苦沒辦法消除，剛從皺着的眉頭下來，又跑到心裏頭來了。

【故事】有這樣一個故事，叫做「母親的心」。有一個兒子，他愛上了一個女人。他那麼愛她，以至於願為她做任何事。「我甚麼也不要，只要你媽媽的一顆心。」那女人說，「這樣才能證明你對我的愛。」那個兒子真的回家向他的媽媽要那顆心。他白髮蒼蒼的老母親聽完他的理由後，長歎一聲，用刀剜出自己的心。當那個兒子捧着他媽媽血淋淋的心去獻給他心愛的女人的時候，或許是由於慌亂或許是由於內疚，他重重地摔倒了。這時，那顆心顫顫地問道：「兒呀，你摔疼了嗎？」

【時析】難以擺脫的相思之苦，常常發生在戀人之間，但男女情濃時雖常如此，情淡後卻易於疏離，兩相忘卻。相比之下，相思之苦更常發生在親子、親人之間。俗話說，「養兒一百歲，常憂九十九。」父母總是惦記着孩子，擔憂他的安危。從懷孕的時候開始，父母就擔心孩子是否健康、聰明，孩子成長的過程中，天天關心着他的學業、身體健康和同學的關係等等，即使大學畢業了，也仍舊會關心他的工作、愛情和婚姻，總之，父母對孩子是操不完的心。

【例句】失戀期間，往昔的一點一滴都像按了「倒放」鍵一樣出現，她的形象不斷地在他眼前晃來晃去，令他茶飯不思，「此情無計可消除，才下眉頭，卻上心頭」。

雲想衣裳花想容，春風拂檻露華濃。——
唐·李白《清平調》

【字譯】檻：欄杆。露：露水、露珠。華：通「花」。

【今譯】雲彩都想有（貴妃一樣華麗的）衣裳，花兒都想有（貴妃一樣嬌美的）容顏。春風吹拂欄杆，露珠潤澤花色更濃了。

【故事】唐玄宗開元年間，宮中栽滿各色名貴牡丹。一天，唐玄宗帶着楊貴妃前來賞花，宮中樂師李龜年相伴。李見他倆興致益然，便令他那班梨園弟子拿出樂器，準備奏樂起舞。唐玄宗說：「賞名花，對愛妃，哪能老聽陳詞舊曲呢？」於是急召翰林學士李白進宮。李白當即在金花箋上寫了三首《清平調》，將楊貴妃的美麗形容了一番。玄宗看後親自吹笛伴奏，貴妃看後則「斂繡巾再拜」。

　　一般我們用花朵來形容女人，這個少女像花一樣漂亮，用雲霓來形容靚衣，這件衣服像雲一樣豔麗，但是李白反過來說，雲想擁有貴妃那樣的衣裳，花想擁有貴妃那樣的容貌，可見貴妃的人和衣飾有多麼的美。「想」之一字用了擬人、誇張和想像，活潑非常，點了模仿者（雲與花）和原型（貴妃）的差距和關係。

關 愛情戀

【時析】日本有個很有名的化妝品牌就叫「露華濃」，聽說長銷不衰，可見懂點詩詞，古為今用，不僅對於寫文章有好處，對於做廣告、做商業都大有幫助。哪個女孩子不希望自己像楊貴妃那樣姿色動人，超出凡塵呢！現在的房地產商和房產中介，在做廣告時，也都會把海子的詩句「面朝大海，春暖花開」和哲學家海德格爾的句子「人，詩意地棲居」打出來，可見「無用」和「有用」之間並無絕對的界限。

【例句】花想衣裳雲想容，美人想的是甚麼呢？露華濃。（擬廣告詞，亦可將「露華濃」換成別的品牌。）

蝤首蛾眉，巧笑倩兮，美目盼兮。
周·佚名《詩經·衛風·碩人》

【字譯】蝤：蟬的一種，體小，方頭廣額。蝤首蛾眉：額廣而眉彎，形容女人容貌美麗。倩：形容美人含笑的樣子。盼：比喻美目流轉。

【今譯】豐滿的前額，彎彎的眉毛，笑起來真迷人，美妙的眼睛波光流動。

【故事】莊姜是春秋時期齊國的公主，她出身高貴，天生麗質，頗有才幹學識。她嫁給了衛國國君衛莊公，婚禮盛大而隆重。婚後頭幾年，他們過着幸福的生活。但很多年過去了，莊姜仍沒有為莊公生下一子半女，莊公開始怨恨她，疏離她。後來，莊公另有所愛，擇妻再娶，不再溫柔體貼地對待莊姜。對此，莊姜選擇了包容，始終寬厚、賢德，

不指責，不抱怨，顧全大局，有「國母」風範。她的美麗和賢德，舉世皆知，亦為詩人所歌詠。

【時析】像莊姜這樣的美女，今天大概只有赫本可以相比。莊姜不只美貌有氣質，還有神采飛揚、靈韻活潑的神態。詩人詠她的詩句穿越千古，令兩千多年後的我們，仍舊能想像她「巧笑倩兮，美目盼兮」的神采。人生無常，容貌很快就會枯槁，愛恨無常，情人也會情弛愛淡，但是，一個人內在的氣質卻可以保持到老，而經過詩人名句的鑴刻，那美麗的神態，傳之於久遠。

【例句】「巧笑倩兮，美目盼兮」，今天這位新娘，當年一出場，就醉倒了新郎，成就了一樁好姻緣。

儂今葬花人笑癡，他年葬儂知是誰。
清‧曹雪芹《紅樓夢‧葬花吟》

【今譯】今天我在這裏把花兒埋葬，別人都笑我癡傻，等到我死去的時候，有誰會把我掩埋呢？

【故事】1987年電視連續劇《紅樓夢》曾經風靡一時，裏面扮演林黛玉的是陳曉旭（1965-2007）。陳曉旭出生於遼寧一個藝術氛圍深厚的家庭，14歲時就發表過詩作《我是一朵柳絮》，感情樸實而細膩。1984年，紅樓夢劇組在全國招聘演員，陳曉旭自薦，經面試及幾個月的培訓後，劇組認為她的才情和氣質適合演林黛玉。經過三年的拍攝，

1987 年《紅樓夢》在全國播出，獲得巨大成功，陳曉旭扮演的林黛玉獲得觀眾的認可。很多人認為，瘦弱的陳曉旭把林黛玉演活了，她的一舉手一投足，一顰一笑，都儼然是林黛玉的翻版。陳曉旭本身天然就有一種「林黛玉氣質」，她的眉梢間藏着幽怨，眼睛裏有一股愁思，跟林黛玉那種淒淒慘慘切切，又敏感傲氣的美才女形象很吻合。其他幾個版本的扮演林黛玉的演員都達不到這種氣質。陳曉旭後來還演過電視劇《家春秋》中的梅表姐，也跟林黛玉類似，是柔弱、憂鬱的女性。因為梅表姐跟陳曉旭本人的氣質貼近，因此幾乎可以說是「本色演出」。跟林黛玉一樣，陳曉旭這個憂鬱的美才女，在現實生活中也不能說順風順水。她後來下海經商，先後結過兩次婚，似乎看破了一些甚麼。1999 年，她因偶然聽到一個佛教法師講《無量壽經》而心有所悟，2007 年正式剃度出家，不久後，因患乳腺癌而在深圳去世，終年 41 歲。

【時析】人生如戲，角色流轉，你方唱罷我上台。今天你在舞台下當觀眾，明天就變成了舞台上的演員，讓別人看自己。因此，不要太執着於自己目前的身份，不要以為別人永遠是別人，自己永遠是自己，因為很可能別人就是你，你就是別人。香港跑馬地的天主教墳場，裏面有一副對聯，可以說是道出了這個精髓：「今日吾軀歸故土，他朝君體也相同。」

杜牧《阿房宮賦》說，「秦人不暇自哀而後人哀之，後人哀之而不鑒之，亦使後人而復哀後人也」。在歷史這個舞台上，後人都看到了前人的演出，哀歎他們的悲劇，但是輪到自己走上歷史舞台時，卻沒有藉鑒前人的教訓，而依舊「舊事重演」，從而使作為歷史劇觀眾的後人照舊要哀歎自己。

【例句】南音說唱大師吳詠梅在《七月落薇花》中唱道:「今日姐死我悲歌,他日悲歌誰弔我。」細想之,這不就是「儂今葬花人笑癡,他年葬儂知是誰」嗎?她老人家對南音的品味孤獨而又哀傷。

第六章

離別恨愁

別離恨愁

海內存知己，天涯若比鄰。
唐・王勃《杜少府之任蜀州》

【今譯】海內有知心的朋友，即使遠隔天涯，也像是近鄰一樣。

【故事】春秋時，樂師俞伯牙彈琴優美動聽，意境高遠，誇他的人很多，聽懂的人卻沒一個。有一年，俞伯牙在返回楚國的路上，興致大發，彈琴一首，抒懷遣興。樵夫鍾子期砍柴晚歸，正巧聽到，他一聽便知俞伯牙的心意。俞伯牙問道：「可知我剛才彈的是甚麼曲子？」鍾子期回答：「大人彈的是孔子讚歎弟子顏回。」並隨口吟出了歌詞。兩人對音樂的理解十分一致。琴聲激越高亢，子期便說：「巍峨壯美，大人志在高山。」琴聲輕緩流暢，子期便說：「寬廣優美，大人志在流水。」如此神交默契，真是相見恨晚。因要趕路，伯牙便約子期明年此時此地相會，子期也答應了。第二年，伯牙赴約而來，卻不見鍾子期，一問，才知道他去世了。他悲痛萬分，長歎：「子期死了，又有誰能了解我的心意呢？」他就把琴毀了，從此再也不彈琴了。

【時析】現在理解「海內存知己，天涯若比鄰」要比古代容易。在古代，交通和通訊工具不發達，幾百里外就可以說是「天涯」，那時也沒有現代的郵政系統和網絡、手機信號系統，因此，一般人要找到知己，都只能在自己生活的鄉村或城市一帶尋找，那顯然是受到限制的。因此，很多人只能通過讀書，和古人結為知己。在西方，基督教也有「無形教會」之說，認為古往今來的聖人都在這個「無形教會」裏成為彼此心意相通的朋友。現在，藉助於網絡技術，一個在南非洲的人也可以認識北美洲的人並成為朋友，一個在日本的人也可以認識中東的人。前幾年網上交友還需要共同的語言（如雙方都用英語），再過幾年，隨着人工智能和翻譯機器的發展，即時翻譯將成為潮流，那時，「海

190

內存知己，全球若比鄰」就更加可以成為現實了。當然，技術只能增加遠距離的人互相認識而已，能不能成為「知己」，成為無話不聊、理解力和價值觀一致的朋友，還是要看「緣份」了。

【例句】海內存知己，天涯若比鄰，真正的知己不一定是整天互相廝守的人，而是即使遠在天邊心也能夠相知相通的人。我們甚至還能打破時間的界限，跟古人成為知己。

感時花濺淚，恨別鳥驚心。
唐·杜甫《春望》

【今譯】感傷國事面對繁花，難禁涕淚四濺，親人離散鳥鳴驚心，反覺增加離恨。

【故事】那些由於種種原因，而遭受離別之苦的人，周圍環境中出現的各種事物，無時無刻不在提醒他們痛苦的存在。現代朝鮮頻遭戰難，人民流離失所。韓國詩人高銀這樣寫一個因為政治原因喪失了兄弟、丈夫和孩子的女人的感受：

我的哥哥死後濤聲像哥哥
我丈夫死後濤聲像丈夫
我的孩子死後濤聲像孩子

　　這個女人住在水邊，以往她跟兄弟、丈夫和孩子在水邊有許多共同的記憶，現在，濤聲令她回憶起以往的一切，所以，她才有這樣的感觸。

別離恨愁

【時析】當個人遭受到感情創傷，或者遭遇到不幸時，對於周圍的環境會比平時敏感，也比較容易陷入感傷的心情當中。比如，一個有喪子之慟的母親在看到別人的孩子和母親在一起時，會傷感落淚；一個失戀的人在看到別的情侶卿卿我我時，會無比失落地想起自己的前塵往事。比起個人的悲歡來，令知識份子更痛心的可能是亡國之恨。比如，宋朝末年，明朝末年，儒士面臨著異族的統治不願為官，成為懷念前朝的「遺民」，他們所到之處，看到的都是「物是人非」，山川依舊在，只是朝代易，處處傷心而已。杜甫的這首詩，將個人「家破」的感受跟「國亡」的時代背景結合起來，更具沉哀感。

【例句】國難當頭，烽火硝煙散不去，除卻「感時花濺淚，恨別鳥驚心」的悲傷，亦應爭當一名堂堂正正的男子漢，小者做好自己，大者保家衛國。

剪不斷，理還亂，是離愁，
別是一番滋味在心頭。
宋・李煜《相見歡》

【字譯】離愁：指去國之愁。別是一番：另有一種。

【今譯】絲長可以剪斷，絲亂可以理好，可是我的離愁別緒剪也剪不斷，理了還更亂，除了我自己，沒人嘗過它的滋味。

【故事】南唐後主李煜是一代大詞人。他曾貴為南朝皇帝，後來被宋軍擄至北地幽囚，所受之苦，所嘗之味，與常人不同，所以說「別是

192

別離恨愁

一番滋味在心頭」。對普通人而言，只能說是「別鄉」，對他來說，卻是「離國」，其愁緒當然比一般的「絲」（思）要「亂」得多，確實無法「理」好。以麻絲喻離愁，將之具象化，以滋味喻情感，將之感覺化，更是如人飲水，甘苦自知。

【時析】現在「剪不斷，理還亂」這兩句一般用來指心情的紛亂和煩亂，不一定是指「離愁」才如此。「別是一番滋味在心頭」也不限於離愁，而指一種異於通常的感受，頗有獨特感。

最近幾年最令人「剪不斷，理還亂」的煩惱之源是甚麼？恐怕是手機了。「一機在手，學生無憂，老師發愁」。在手機上聊天、看微信，時間不知不覺就過去，消耗得多而且沒多大意義，看多了手機，學生就沒有時間去讀書了。因此，如果能不要手機或者管理好用手機時段，會有益於學生學業的提高。

【例句】現在的戀愛方式跟古人已大有不同，比如「剪不斷，理還亂，是離愁」，手機在手，隨感隨發，已難得「離」。真正的「離」，是對方把你從「好友」裏刪了，你再也看不到她的影集了。

同心而離居，憂傷以終老。
南·佚名《涉江采芙蓉》

【今譯】心意相通卻不得不分離，只好在憂傷中老去。

【故事】1943 年 8 月，國民政府主席林森（1868-1943）在重慶因車

禍致死。人們在其寓所沒發現寶物，倒是驚奇地看到其寫字台上有一個少女骷髏。原來，林森小時就進了教會學校，他有一個表妹雖沒上過洋學堂，卻知書識禮，兩人悄悄相愛。但林森 14 歲時就由家裏包辦娶了鄭氏為妻，但兩人毫無感情。1893 年，鄭氏病逝，林森有機會娶表妹為妻，但他這時候在跟隨孫中山鬧革命，奔走海內外，與表妹聚少離多，雙方父母也不知道二人相愛。後來，他表妹被其父母許配給了一個華僑富二代，表妹堅決反對，急盼林森回來。事也湊巧，這時林森回來了。表妹如撈到救命稻草，不顧眾人議論和父母阻攔，向林森表明心跡，要林森帶着她趕快離開故鄉，遠赴重洋，相守一輩子。林森這次回家只有半天的時間，正好乘機帶着表妹走，但他沒有選擇這樣做，因為他覺得自己從事的是秘密活動，若身邊有個少女，行動不便。林森離開家鄉去了美國，一去就是兩年。他走後，表妹覺得愛情無望，在結婚前夕自殺身亡。林森回到家鄉聽到此事後，悲痛欲絕，追悔莫及。他在表妹墳前佇立許久，而後用手扒開墳墓，拿出他表妹的頭骨，並立下誓言：不近女色，終身不娶。在這之後，林森便將他表妹的骷髏頭骨放置在寫字台上，陪伴他度過漫漫人生。他看透名利，一生淡泊，是黨國高官中難得的清廉自守、道德高尚之人。

【時析】「同心而離居，憂傷以終老」，是說有緣無份，心靈相通卻不能共同生活，它跟「同床異夢」恰恰相反。在男女關係中，要達到身和心都和諧相處，確實不容易。最理想的當然是身心和諧，最糟糕的是身心都不諧調。古代人不輕易離婚，而且婚前雙方都毫無了解，一切由父母包辦，在面都沒有見過的情況下就定下一輩子，在我們今天看來是不可思議的。不過，可能是古人對「愛情」這兩個字沒有太高的期待，因此反而保留了婚姻的長久，而今天的人，是否因為受小說、傳媒的渲染，而對於「愛情」充滿了太多的期待，把「標準」調

得太高,以致在真正的戀愛或婚姻關係中感到不幸福,因而造成分手、離婚頻發呢!這也許是可以討論的。

【例句】陸游和唐婉被家人逼迫着離婚,但二人感情仍在,在無法克服外部阻力的情況下,兩人仍相互思念,唐婉鬱鬱而終,陸游一生懷念,二人「同心而離居,憂傷以終老」。

人生不相見,動如參與商。
唐‧杜甫《贈衛八處士》

【字譯】動如:動不動就像,動輒就像。參與商:參宿和商宿。參指西官白虎七宿中的參宿,商指東官蒼龍七宿中的心宿。參宿在西,心宿在東,二者在星空中此出彼沒,彼出此沒,永不相見。傳說高辛氏二子閼伯與實沈兄弟相仇,高辛氏只好將閼伯封在商(河南商丘),實沈封在大夏(山西南部),山水遠隔,永難相見,自然不會兄弟相殘了。在希臘神話中,獵戶奧瑞恩(獵戶座,即參宿)被蠍子(天蠍座,即商宿)蜇死,因而兩星座亦永不相見,天蠍座升起,獵戶座就落入地平線。

【今譯】人生難得相見,往往兩個人就像「參」和「商」在天空中彼此相對,此起彼沒,不得相見一樣。

【故事】杜甫 (712-770)和李白(701-762),是中國文學史上的雙子星座,一個是「詩聖」,一個是「詩仙」。本來這麼偉大的兩個人物能生在同一個時代就已難得,他們還引為知己,就更珍貴了。聞一多認為,李杜相遇,跟孔老相會屬同一級別的歷史大事。

別離恨愁

　　天寶三年夏天（744），李白途經洛陽，偶然在杜甫父親杜閒家裏認識了當時正好在洛陽的杜甫。兩人一見如故。秋天，李白、杜甫、高適三位詩人同遊開封和商丘，登吹台，觀琴台，渡黃河，共遊王屋山。第二年，李杜又結伴共遊齊魯，幾個月後在兗州分別。但此別即永別。二人互有想念對方的詩作。杜甫很早就認識到李白的蓋世才華，「千秋萬歲名，寂寞身後事」。在安史之亂中，李白遭世人誤解，朋友中有疏遠者，有落井下石者，杜甫則一直替李白鳴不平。《不見》一詩中說：「世人皆欲殺，吾意獨憐才。」杜甫在與衛八重逢時感歎「人生不相見，動如參與商」，他想起李白時，一定也會遺憾山東一別後，竟然就再也沒有見過這位偉大詩人了。

【時析】無論是同性之間的友情，還是異性之間的愛情，能生在同一個時代，互相認識，已是莫大的機緣，能說話投機，共同創業，有相同的世界觀和價值觀，更為難得，一定要加以珍惜。

【例句】自從他出國讀書工作後，跟表妹就「人生不相見，動如參與商」，只能依靠微信、facebook、twitter 一類通訊手段聯繫了。

人面不知何處去，桃花依舊笑春風。
唐・崔護《題都城南莊》

【字譯】現代人常用「人面桃花」這個成語形容情景依舊，而心愛的人已不知在哪裏。

別<ruby>離<rt>愁</rt></ruby>恨

【今譯】那面龐不知哪裏去了，只有桃花依然在春風中含笑綻放。

【故事】唐朝時河北有個讀書人名叫崔護，他到京城應考，考中了。清明節這天，他獨自到京城南邊踏青，見到一座宅院，四周桃花環繞。他因口渴叩門求飲，不一會兒，一個美麗的女郎開門遞水。崔護一見，頓生愛慕，但不好意思冒昧表白。第二年清明節，崔護舊地重遊，但見院牆如故，門卻緊鎖不開。他悵然若失，便在門上題詩一首：「去年今日此門中，人面桃花相映紅。人面不知何處去，桃花依舊笑春風。」過了幾天，不死心的他又回到那個地方，這一次不但大門沒有深鎖，他還看見了姑娘的父親。知道他是崔護後，姑娘的父親說：「我女兒自去年清明節以來就神情恍惚，前幾天因為看了你寫的詩而得了重病，沒想到竟因此而死了。」崔護聽後非常難過，情不自禁地抱著姑娘大哭，沒想到這時姑娘卻醒了過來，原來她只是昏倒了而已。有情人終成眷屬，後來兩人結成了夫妻。

【時析】一見鍾情的故事，在生活中不少見，在文學中也多有。像但丁的《新生》和《神曲》，寫他見到貝亞特麗采的心跳與愛慕，歌德《少年維特的煩惱》寫維特的愛情，辛格小說《童愛》寫一個人終生愛著童年時喜歡的一個小姑娘，都是非常動人的文學作品。一見鍾情只是開始，能否最終生活在一起，既有「緣」又有「份」，則真要看機緣了，但其中人自己的努力還是重要的。不乏有情人克服種種障礙（如階級、種族、文化、語言、偏見等）而走到一起的例子。

【例句】拳王奪冠，手捧鮮花，攜著他美麗的妻子，在閃光燈中接受記者採訪，真是人面桃花相映紅，鎂光燈下愛意濃。

別離恨愁

思悠悠，恨悠悠，恨到歸時方始休。
唐·白居易 《長相思》

【今譯】思念是悠長的，怨尤也是悠長的，這怨只有當你回來時才會停止。

【故事】王寶釧是中國古代戲曲故事中的人物。傳說她是唐懿宗時期朝中宰相王允的女兒，因不顧父母之言，執意下嫁貧困的薛平貴，而被父母趕出家門。為改變命運，薛平貴參軍入伍，長年在外打仗，王寶釧獨自一人在寒窰中苦度十八年。後來薛平貴立下戰功，成為朝廷大將，將王寶釧接入府中，夫妻團聚。然而王寶釧僅過了十八天的幸福生活便死去。中國北方戲曲中有許多關於她的戲目，如京劇《紅鬃烈馬》、秦腔《五典坡》、越調《王寶釧》等。

【時析】像王寶釧這樣的等待是否值得？今天的人可能會有不同的看法。其實，換了在古代，能像王寶釧這樣苦等的人也絕不會多，要不然她不會成為一個傳奇，一個精神化的存在。畢竟，普通的女人要和男人團聚、要丈夫作為倚靠，可是王寶釧為薛平貴而與父母反目，過着寒儉的生活，而且是獨自一人守活寡，這裏面不知道有多少血淚和犧牲。幸運的是，她苦等着的丈夫也對她忠心不貳，有出息後把她接回了府中，終於在父母和世人面前挽回了尊嚴。現在的人往往因為出國、分居兩地等物理的原因就分手，恐怕還是因為愛得不夠，有着重重顧慮，世俗的實用的考慮太多。

【例句】一個在美國，一個在澳大利亞，十多年的哀怨情仇，直到最後兩人都回國定居，「恨到歸時方始休」，終於結成了正果。

第十章

親

鄉　　情

人

誰言寸草心，報得三春暉。────────
唐・孟郊《遊子吟》

【字譯】誰言：誰說。寸草：小草，比喻子女。心：雙關語，既指草木的莖幹（芯），又指子女的心意。報得：報答。三春：農曆正月（孟春）、二月（仲春）和三月（季春）的合稱。暉：陽光。三春暉：形容母愛如春天的陽光。

【今譯】誰說區區小草能報答春天的陽光，兒女心意能報答母親的慈愛呢？

【故事】徽州有個棠樾村，那裏有鮑氏家族的七座牌坊，代表「忠」「孝」「節」「義」的全有。裏面有座慈孝里坊，上面刻了兩人的姓名，一名鮑宗岩，一名鮑壽孫。這裏有一個故事。原來，宋末元初戰亂頻繁，徽州守軍李世達趁機起兵。當他得知棠樾村鮑家有錢時，便綁架了鮑壽孫和他父親鮑宗岩，勒索鮑家，如果不給錢，就要殺掉其中一人。鮑家雖有錢，但兩父子認為，寧死也不能助紂為虐。兒子鮑壽孫為了盡孝心，決定自己去死，而父親鮑宗岩為了不斷香火，要求放了兒子，殺自己。父子兩人爭着去死的場面，打動了叛賊，結果把他們都放了。明成祖朱棣聽到這個故事後，深受感動，下旨為兩人立牌坊，以表彰孝行。到了清朝中期，乾隆皇帝聽說此事後，又大筆一揮，寫了副對子：「慈孝天下無雙里，錦繡江南第一家。」由此，慈孝里坊又被稱為「父慈子孝坊」。

【時析】父母生養子女，做孩子的有報恩之心，這是天然的感情。但如果搞成了「三綱五常」一類單方面的父權、父為子綱，就不好了。

另外在報恩的方式上也要考慮。從前大家族同居，一個大家長下面好幾個小家庭，彼此之間容易產生矛盾，特別是婆媳關係，最難處理，家庭成員很大的時間和精力，就耗費在了這些關係的處理上，本質上是浪費生命。所以，即使是傳統社會裏的知識份子，如康有為，也對傳統大家庭深惡痛絕。「五四」一代反叛「封建禮教」，就是從反叛大家族開始（如巴金的《家》所寫）。隨着現代化的進展，現在基本都是小家庭（核心家庭）了，婆婆想見着媳婦都難，從某個角度說這是一種進步。兒子不跟父母住在一起，雙方都獨立，減少了磨擦的機會，晚輩孝敬父母就會真心得多。在現代社會，親子關係越來越平等，如汪曾祺所寫，「父子多年成兄弟」，這時孝敬就不是出於一種外在的「禮制」的強制，而是出於內心的自發情感了。

相對來說，西方人在親子關係上就處理得較好。聖經舊約裏就有規定，孩子成年後，就要獨立生活，跟妻子在外居住，不要跟父母在一起居住。這可能就是因為看到了有太多的婆媳矛盾產生的內耗，所以才定下這麼一個規矩吧。

【例句】他由母親單獨帶大，更加感受到母愛比山高，比海深，誰言寸草心，報得三春暉。

本是同根生，相煎何太急。
魏晉・曹植《七步詩》

【今譯】本來是同一條根上生出來的，你又怎能這樣急迫地煎熬我呢？

鄉親人 親情

【故事】曹丕和曹植是一母所生的親兄弟。曹操曾想立曹植為嗣，因其才智高於其兄曹丕。曹丕登基後，忌曹植之能，想找一個藉口把他殺死。他命令曹植在七步之內作出一首詩，作不出來就處死他。曹植就寫了這首《七步詩》。曹丕看完後，也許良心發現，亦覺理虧，就沒有殺曹植，只是把他貶到邊疆了。

《七步詩》全文：「煮豆燃豆萁，漉豉以為汁。萁在釜下燃，豆在釜中泣。本是同根生，相煎何太急！」 大意是說，煮豆子時，灶下正燃着豆秸，因煮熟豆子來做豆豉而使豆子滲出汁水。豆秸在鍋下燃燒着，豆子正在鍋裏哭泣。本來我們是同一條根上生長出來的，你為甚麼要這樣苦苦煎熬我呢？

【時析】投胎還真是一門學問。投到窮人家吧，吃飯都成問題。投到巨富之家吧，又怕大家族爭家產，親人間「六親不認」，手足相殘，連命都保不住。所以做家長的，一定要明智，提前把後事準備好，免得子女反目成仇。在這方面，香港首富李嘉誠就做得比較好，他的兩個兒子早早就分了家，自己搞了個基金，相當於做了幾道隔火牆，讓彼此沒有產生戰爭的可能。而有的富豪就不一樣了，長輩沒來得及分好財產，結果死後子女打成一團，在法庭和報紙上天天鬧。富豪之家如此，皇帝之家亦然，鬧出的動靜更大，往往是全國人民跟着陪葬，各派打得烽煙四起，血肉模糊。手足相殘這種事，歷史的教訓太多，因此對小孩的教育，有豐富的教案，要從小教育他們：不要爭，要禮讓，但光是「從心做起」也不行，首先是要建立良好的繼承制度，公平對待每一個子女。

【例句】南韓和北韓這兩個國家，常常互相攻擊，大打出手，其實，兩國本是同根生，相煎何太急。

樹欲靜而風不止，子欲養而親不待。
漢·韓嬰《韓詩外傳·卷九》

【今譯】樹要安靜，但風卻颳個不停。兒女想贍養父母，但父母都不在人世了。

【故事】皋魚周遊列國，尋師訪友，很少留在家裏侍奉父母。豈料父母相繼去世，皋魚驚覺從此不能再盡孝道，深悔父母在世時未能好好侍床，現在已追悔莫及了。皋魚用「樹欲靜而風不止」來比喻他痛失雙親的無奈。風不止，是樹的無奈（風會颳走枝葉）；而親不在，則是孝子的無奈。因為這個緣故，後人便以「風樹之悲」來借喻喪親之痛。

【時析】「樹欲靜而風不止」，現在常常被用來指國際形勢，你想要有一個和平的環境，一門心思搞發展，人家卻不斷地干擾你，打斷你，讓你沒法搞發展。

　　「子欲養而親不待」，很有當代意義。當代人總是在忙碌當中，工作忙，學業忙，旅遊忙，就是沒有時間看望父母，最後就發生後悔的事：父母有一天忽然不在了。所以，趁父母在時趕緊孝敬吧，免得終生後悔。

親
鄉　　情
人

【例句】這幾年美國在南海做了不少小動作，對於中國來說，真是「樹欲靜而風不止」，不去應付都不行。

　　他專程從德國回大陸來到哥哥家，慶祝母親九十大壽，他是擔心發生「子欲養而親不在」的情況，所以專程回來讓母親看到自己開開心。

露從今夜白，月是故鄉明。
唐‧杜甫《月夜憶舍弟》

【今譯】今天到白露節了，（想念故鄉，覺得）月亮還是故鄉的亮。

【故事】杜甫《月夜憶舍弟》寫於 759 年，全詩如下：「戍鼓斷人行，邊秋一雁聲。露從今夜白，月是故鄉明。有弟皆分散，無家問死生。寄書長不達，況乃未休兵。」當時正逢安史之亂，杜甫兄弟幾人離散，不知生死。白露節在農曆八月上旬，天氣轉涼。杜甫在這天看到月亮，想到故鄉和親人。「露」與「月」本是平常物象，但經杜甫之筆，就跟兵荒馬亂的時代語境聯繫起來了，顯得清冷凝重，事關家國生死。

【時析】為甚麼會有「月是故鄉明」的心理錯覺？可能是因為故鄉的月是在記憶中的，是在兒童時代的？還是因為故鄉的月亮跟親人相連，因此顯得亮堂？雖然，我們不能客觀地證明「月是故鄉明」，但從主觀的心理感受來說，還是有這種可能的。至於一些人指責「崇美派」說，「月亮是美國的圓」，則並非不可以從物理學上作出答覆。隨着全球化的發展，美國、日本等發達國家，將一些高污染的落後工業搬遷到不發達國家，加上不發達國家本身的工業水準也不高，也為了發

展而不顧環境保護，因此其國家的空氣品質逐年下降，直到出現了重霾，在大城市裏煙霧彌漫，不止月亮朦朧，白天連太陽都看不清楚了。相對之下，「月亮是美國的圓」倒還真是如此。

　　至於「故鄉」的觀念，古人「安土重遷」，有濃厚的鄉土情結，往往是在此生即在此老，一輩子很少去外地看世界。現在不一樣了。隨着城市化的急速發展，離開農村遷到城裏的人以億計，他們脫離鄉土，他們的子女很快就城裏化了，傳統的「故鄉」不再是「永遠」的概念了。況且「故鄉」本身也在變化，比如大陸四十年的改革開放，就使得農村也大變樣，一些在外地打工的人，回到老家，發現老家也變化很大，自己也難以適應了。古代的生活節奏慢，故鄉的面貌千年不變，對於人的一生來說，故鄉幾乎是「永恆」的，但現在不是了，四十年就大變樣，所以，也沒有甚麼能夠永久地維持在兒時記憶裏的「故鄉」了。

【例句】杜甫詩云「露從今夜白，月是故鄉明」，他在外國生活已久，每當想起在中國農村度過的童年歲月，就覺得那是一個逝去了的天堂。

羈鳥戀舊林，池魚思故淵。
晉‧陶淵明《歸園田居》

【字釋】羈鳥：養在籠中的鳥。池魚：養在水池裏的魚。

【今譯】圈在籠中的鳥依戀出生的森林，養在池中的魚思念出生的深淵。陶淵明用「羈鳥」、「池魚」暗比受官場束縛的自己，要回歸到無拘無束的大自然生活環境中去。

鄉親情人

【故事】臺灣有一種名貴的鮭魚，牠在淡水河中產卵，孵出的幼魚只在河流中生活短暫的時間，就游向大海生活，到長大發育成熟時，又游回到出生的河流中來產卵。成年鮭魚是怎麼找回幼時的河流的呢？有的科學家提出了「嗅味洄游理論」，認為幼鮭生活的河流都有特殊的氣味，這些氣味深深地印在鮭魚的記憶中，成年後牠們就循着氣味，游回幼年的河流。但牠們是怎樣在大海裏辨別方向，找到幼年的淡水河的呢？卻仍然需要解釋。

【時析】改革開放以來，中國的留學生規模越來越大，早期回國留學生的比例不高，最近幾年，隨着中國經濟的發展，國家對留學回國人才給予較優厚的待遇，以及西方經濟不景氣，回國學生的比例越來越高。下面是最近幾年的資料：

年份	出國（萬）	回國（萬）
2008	18	7
2009	23	11
2010	28	13
2011	34	19
2012	40	27
2013	41	30
2014	46	37
2015	52	41
2016	54	43

可以看到，最近這些年，學成回國的人越來越接近出國留學的人。留學生從海外（主要是發達國家）帶回先進的科學、知識和理念，有的還帶回了資本、人脈和資訊，對於中國的現代化可以起到促進的作用。在高科技等重要領域，還能起到引領的作用。

鄉親情人

從全世界範圍來看，中國人都有非常濃厚的「鄉土情」，有強烈的「葉落歸根」意識，有獨特的「華僑經濟」和「華人經濟」，愛國華僑回報故鄉的辦法，就是建設故鄉，像陳嘉庚先生，就捐資建了廈門大學；李嘉誠捐資建了汕頭大學。相對於俄羅斯這樣的國家，中國有眾多的海外華僑和華人資本和人力資源，因此搞起改革開放來就容易了很多。

【例句】他剛由學校調出當上副市長那會兒，很不習慣官場吹吹拍拍、上下賄賂的那一套，時常有「羈鳥戀舊林，池魚思故淵」的念頭，想辭官回學校當老師，但不久也就漸漸適應了官場的生活，最終因貪污事發而成了階下囚。

獨在異鄉為異客，每逢佳節倍思親。
唐·王維《九月九日憶山東兄弟》

【今譯】獨自漂泊在外作異鄉的客人，每逢佳節到來就加倍思念親人。

【故事】《九月九日憶山東兄弟》全詩為：「獨在異鄉為異客，每逢佳節倍思親。遙知兄弟登高處，遍插茱萸少一人。」九月九日是農曆的重陽節，在這一天有登高、插茱萸、飲菊花酒以避邪的習俗。王維家鄉在華山以東（山東）的蒲州（今天山西省），他在長安求取功名，過節時孤零零的一個人，於是加倍地想念家鄉的親人。想到親人們今天都在登高，遍插茱萸時卻唯獨少了我一個人。

【時析】各個文化、宗教、國家、族群都有一些自己獨特的節日，這成了凝聚其共同體的一個時間。像美國的摩門教，就根據自己從美國

東部流亡到猶他州鹽湖城的歷史，建立了自己獨特的宗教節日。再如法國大革命中，革命者也制定了自己的節日，以與過去告別，替代天主教節日。中國有國慶日、兒童節、青年節、婦女節，近年來隨着傳統文化的復興，端午節、中秋節、清明節也開始放假，春節當然就不用說了。對於僑居異國他鄉的少數族群來說，節日無疑成為大家互相聯絡、建立鄉情、思念故國的一個好日子，如篤信天主教的愛爾蘭人的聖派翠克（Saint Patrick's Day，3月17日），是為了紀念愛爾蘭主保聖人派翠克的，後來演變成了愛爾蘭國慶日，美國也承認這個節日。

【例句】他在國外求學已有五年，獨在異鄉為異客，每逢佳節倍思親，春節時更加寂寞，不斷地跟家人通電話。

別時容易見時難。
南唐・李煜《浪淘沙》

【今譯】告別容易再見難。

【故事】李煜（937-978）是南唐最後一位國君，後人稱其為南唐後主、李後主。975年，其國為宋太祖所滅，李煜降宋，被俘至汴京（今開封），三年後因為寫了一首名為《虞美人》的詞表達對故國的哀思而被宋太宗毒死。這首《浪淘沙》其實也表達了思故國之情。全詞原為：「簾外雨潺潺，春意闌珊。羅衾不耐五更寒。夢裏不知身是客，一晌貪歡。獨自莫憑欄，無限江山，別時容易見時難。流水落花春去也，天上人間。」

意思是說：門簾外傳來潺潺的雨聲，春意衰殘。即使蓋着錦被，也難擋五更時的寒冷。在夢裏忘了自己是客人，享受了片時的歡樂。獨自一個人不要倚着欄杆遠眺，遼闊的南唐江山，告別容易再見難。流水帶走落花，春光已經逝去，今昔對比，一是天上一是人間。

【時析】中國古代出過不少「玩物喪志」的皇帝，他們的「志業」（愛好）跟「職業」（工作）相矛盾，皇帝沒當好，卻成了有成就的畫家、詩人、工匠。李煜就是其中的一位，他的詞描述了作為亡國之君的不幸遭遇，情感真切，令人同情，詞風婉約，話中有話，有很幽深的意境。皇帝之位是世襲，他們當上皇帝，往往是身不由己，硬着頭皮也要做。現代人沒有這個麻煩，但出於謀生或為了符合家人、世人的期待，不得不從事自己不喜歡的職業，也是一種無奈。近年來，大陸也出現了富二代改行，不願繼位的現象，他們從自己的興趣、能力和環境的變化出發，不願從事父輩的事業，也是情有可原。在這種情況下，老一輩設立基金，建設職業經理人制度來管理家族事業，也許是一個較好的出路。兒孫自有兒孫福，不必強迫他們一代又一代地重複自己。

【例句】小明的爺爺已經是八十歲的老人了，小明常去看望爺爺，因為他知道，老人是見一面少一面，「別時容易見時難」，要趁着爺爺還健在，好好地孝敬他老人家。

第十一章

情　致

色

情景色致

忽如一夜春風來，千樹萬樹梨花開。——
唐·岑參《白雪歌送武判官歸京》

【今譯】就好像一夜之間吹來了春風，千萬棵樹上有梨花在盛開。

【故事】這是唐朝邊塞詩人岑參（約 715-770）寫西北邊疆（包括今天的新疆）大雪紛飛景色的一首名詩。公元 754 年，岑參兩度出塞，在邊疆生活了六年，對冰天雪地的塞外風景很熟悉。

　　2016 年底，中國的一線城市深圳、上海、北京，突然流行起了「共用單車」，在地鐵、學校、公交站、居民區等處，到處都停着 mobike、ofo 等品牌的租賃車，只要你通過手機交一點押金，就可以隨便騎，而且在全國大城市有網點的地方都可以隨便騎行。這給人們帶來非常大的方便。這是隨着手機交費、定位技術的興起而興起的一種經濟形式，目前已有幾十家公司參與，並得到了政府的支持。人們把這種形式的共用方式稱為「共用經濟」。現在，「共用單車」跟高鐵、網購、支付寶一起被稱為中國的「新四大發明」，並已經在英國等國家得到推廣。記得共用單車在 2017 年春季剛剛在北京興起的時候，馬路上到處都停放着紅色的和黃色的單車，年輕人都喜歡騎着它們，真是令人有「忽如一夜春風來，千車萬車單車開」的感歎。

【時析】中國幅員遼闊，空間的不同位置決定了同一物理時間卻有不同季節。當東北還是「千里冰封，萬里雪飄」時，南方的海南和廣東卻已經是鮮花綻放了。再比如，油菜花從南而北，從四月起依次開放，你錯過了江南的油菜花不要緊，你可以向北，一路追逐到新疆，六七月都還來得及。這就是「以空間換時間」。

　　「忽如一夜春風來」一般形容新鮮事物一夜之間忽然盛行。比如，2017 年三四月間，北京的街頭就忽然興起了共用單車，ofo、mobike 等公司勃然而興，只要用手機交一二百元即可用，開鎖也方便，掃碼即可，使用費用非常低廉，幾乎是白送。由於它們的單車塗了黃色或紅色，因此，馬路邊、商場邊「忽如一夜春風來，滿眼盡是黃單車」，出現了隨處停車、隨處用車的超級方便騎行的現象。

【例句】來自西伯利亞的寒流颳遍神州，連廣州都下起了五十年一遇的雪，在北方就更不用說了，一覺醒來，大地一片潔白，真是「忽如一夜春風來，千樹萬樹梨花開」。

溪雲初起日沉閣，山雨欲來風滿樓。
唐‧許渾《咸陽城東樓》

【字釋】溪：指咸陽的磻溪。閣：指咸陽的慈福寺。欲：將要。

【今譯】溪邊湧起了烏雲，日頭從寺閣邊西沉，一陣山雨就要來了，樓上鼓滿了風。

【故事】1948 年底，北京即將易主，國共兩黨都想把人才搶到自己一邊。蔣介石要用飛機把文化精英接到臺灣，第一個要接的就是胡適。北大地下黨也來找胡適，勸他留下，胡適說：「他們信任我麼？」胡適的小兒子胡思杜不肯走。胡適先到南京，勸蔣介石另派一架飛機到北京接其他教授（包括他的學生吳晗），並親自到機場去迎接他們，但當看到飛機上只走下毛子水等幾個人時，忍不住痛哭一場。歷史證

明胡適走得合適，因為留在大陸的那些知名學者，幾乎都在歷次政治運動中要麼自殺，要麼被迫害至死，要麼成為廢人。胡思杜 1957 年被定為「右派」，上吊自殺，吳晗被批鬥至死。難道胡適能未卜先知嗎？

【時析】歷史有沒有規律可言？由於人有自由意志，歷史事件不能排除偶然性，但是歷史又確實是有一定的規律可循的，經常發生一些「似曾相識」的事情。對於歷史有所研究的人，可以鑒往知來，在重大事件或變化發生之前就看到前兆，洞悉先機，及早行動。比如在中國現代史上，陳獨秀晚年通過對蘇聯的了解，對英美民主制的研究，而洞悉到中國將來的發展情況。董時進也是通過對蘇聯集體農莊的反思，而預見到中國土改政策將重蹈蘇聯的道路，造成一系列問題，因此他在 1951 年逃到香港，避過了一劫，而他對中國農民農業問題的呼籲，證明了他的預見是準確的。

【例句】山雨欲來風滿樓，前幾年朝核事件、南海事件、釣魚島事件、臺灣太陽花運動、香港雨傘運動、人民幣匯率波動，人們都在納悶，這些是否預示着中美衝突會升級為戰爭呢？

隨風潛入夜，潤物細無聲。
唐·杜甫《春夜喜雨》

【今譯】（雨水）隨着春風在夜裏潛入，滋潤着萬物卻悄然無聲。

【故事】香港演員古天樂，演過《神雕俠侶》裏的楊過，還演過《尋秦記》、《河東獅吼》等，除了做演員外，他還有另一面，知道的人

就少了，因為傳媒很少報導。2008 年 5 月 12 日，汶川地震令四川數萬家庭骨肉分離，更震塌了許多小學，不少學生喪生。古天樂哀痛之餘，決心為災區的人做一些事，於是在當年 8 月初成立了古天樂慈善基金。開頭主要是幫助災區重建，後來側重在四川、貴州、廣西、甘肅等落後地區資助貧困兒童教育，為孩子們建立學校。從 2008 年基金成立到 2012 年，建了 49 所學校。到 2016 年初，已建立了 79 所學校。在繁忙的工作之餘，古天樂常常抽空去學校跟孩子們待在一起，鼓勵他們刻苦學習，有時還給他們上英語課。這些貧困地區的孩子，都因古天樂的善行而受益。

【時析】今天是個重視「包裝」和「形象」的時代，有時連做慈善也不得不宣傳一下自己，因為只有這樣才能獲得社會的注意，得到更多的捐贈來做好事。但只要初心是好的，效果也是好的（更多需要幫助的人受惠），管理也很完善，適當的宣傳還是必要的。今天的慈善事業的運作已經規範化和法制化了。其實，考察慈善事業的來源，跟宗教關係密切。如基督教就有慈善的傳統，做好事甚至「左手不要讓右手知道」。杜甫這道家式的「好雨」也跟道家的信念接近，即「施」比「受」更有福，而且真心不指望有任何回報。

　　傳統教育強調「身教」重於言教，無論老師還是家長，通過身教，都可以潤物細無聲地教育小孩，這在現代仍是有一定價值的。

【例句】德國幼稚園的孩子一天到晚都在玩耍，老師並不急着教給他們文化知識，因為他們知道，幼兒在玩耍中鍛煉了體能，學到了合作精神、道德規則，其實都已經像「春雨」一樣，「隨風潛入夜，潤物細無聲」地滲透在遊戲中了。

情景致色

兩岸猿聲啼不住，輕舟已過萬重山。———

唐・李白《早發白帝城》

【字譯】啼：鳴、叫。住：停息。萬重山：層層疊疊的山，形容多。

【今譯】兩邊猿猴還在叫個不停，我一葉扁舟卻已駛過了萬座山。

【故事】李白晚年因得罪朝廷，被流放夜郎（今貴州）。後來遇到赦免，得以回家，從長江上游的白帝城乘船，經過三峽一路向東回到江陵。由於是順流而下，加上心情輕鬆，因此他覺得船速很快。

【時析】2008 年中國舉辦北京奧運會，會前，因為西藏問題，奧運火炬傳遞在西方受到了一系列阻攔，中國民間也跟西方民間發生了爭吵。當時，有海外華人指出，1949 年新中國的建立，使中國人走出了「挨打」的階段，改革開放，使中國人走出了「挨餓」的階段，可是現在中國人還在「挨罵」階段。隨着中國的崛起，由於國家體制、意識形態和文化傳統的不同，乃至對中國高速發展的嫉妒心理和不適應，西方一部份人戴着有色眼鏡看中國，經常在媒體上罵中國。這跟五六十年代中國經常罵西方殖民主義和帝國主義倒轉過來了。雖然如此，中國天天挨罵，但基本「罵不還口」，牢記着鄧小平「發展才是硬道理」七字真言，一路走到了 GDP 總量世界第二，最近幾年高科技更以高速度發展。無論是日本人渲染「中國威脅論」，還是美國人和歐洲人罵中國「沒有人權」，都無法阻擋中國高速發展、迅速崛起的步伐。中國雖有各種各樣的問題存在，但只要在不斷地發展，就是一個有前途的國家。這些罵聲，就權當是「兩岸猿聲啼不住」吧！

情景致色

【例句】早幾年中國崩潰論甚囂塵上,但她的發展一日千里,你罵你的,我走我的,可以用「兩岸猿聲啼不住,輕舟已過萬重山」來形容。

星垂平野闊,月湧大江流。
唐‧杜甫《旅夜書懷》

【今譯】亮星低垂,平野遼闊;月隨波湧,大江東流。

【故事】這類寫景的名句,在斷句上也是非常有意思的。這兩句詩,如果是出現在電影劇本裏,你會怎麼寫呢?

可以這樣寫:「星垂——平野闊,月湧——大江流」,先出現亮星,然後才發現平野闊,先看見月光在湧動,然後才發現原來是在大江上湧動,而江水在流。也可以這樣寫:「星垂平野——平野闊,月湧大江——大江流」,先看到亮星懸垂在平野上,然後給一個鏡頭拉長平野之遼闊,先看到月光湧動在江面上,然後再給一個長江的遠鏡頭,噢,原來是江水在流動。

【時析】這兩句詩是杜甫離開成都沿長江東下時所寫。長江江面開闊,流經平原地帶時,視野開闊,星星好像懸垂在平野上似的,明月光亮,映在江面上,好像在「湧出」,而實際上是江水在不斷地東流。雖然這首詩是「書懷」,遣發鬱鬱不得志的襟懷,但這樣的曠遠之景,還是對應了曠遠之胸,一般人達不到這境界。

【例句】他們乘坐「東方號」郵輪遊覽長江,船東行出了三峽後,到

了荊州一帶，地勢平坦，視野馬上開闊，他們體會到了杜甫「星垂平野闊，月湧大江流」的境界。

大漠孤煙直，長河落日圓。

唐‧王維《使至塞上》

【字譯】大漠：涼州（今甘肅）一帶的荒漠、沙漠。孤煙：這裏是指烽煙，是邊塞烽火台的士兵燒起來的。長河：指黃河。

【今譯】大漠上，一縷烽煙直直地升起，長長的河上，落日顯得渾圓。

【故事】王維在737年從長安到甘肅河西慰問唐軍，《使至塞上》即寫出塞途中所見。詩中的這兩句畫面開闊，意境雄渾，王國維稱其為「千古壯觀」。「大漠——孤煙——直」，在無邊無垠的荒漠中騎馬行走，令人絕望，忽然看到一縷孤煙，表明前面有「人煙」了，而且這「孤煙」是邊防戰士燒起來的烽煙。有人說這種烽煙也叫「狼煙」，但此說不可靠，一是沒那麼多狼糞，二是狼糞煙淡，並非直直上升。有人認為「直」表明當時大漠裏沒有一絲風，因此煙能直升，讓人在很遠的地方就看到。還有科學家認為，這裏的「直煙」不是指平常的煙，而是指甘肅北部戈壁灘上的小型龍捲風，這種龍捲風今天都有人看到。不管這裏的「孤煙直」是指哪種煙，畫面都看似純客觀報導，實際卻已飽含了情感。「長河——落日——圓」，在沙坡上可以看到黃河，長緞一般在落日下展開，而落日在長河大漠之間，不受其他事物的遮蔽，顯得那麼渾圓。「落日」表明時間已到傍晚，而詩人一行也快到此行的目的地了。

情景致色

【時析】文明的發展，是需要空間作為舞台的。中華文明的展開，首先是在中原一帶，後來向着四周擴散，而西部地域之遼闊，是東部難以比擬的。

　　說到詩詞中的地域之廣闊，也是很有趣的。香港學術大師饒宗頤先生學貫東西，亦富才情，寫了精美詩詞。有人研究過他的詩詞所涉及世界地理，認為其疆域拓展之廣，太平洋、印度洋、美洲、歐洲之前不見經傳的地名俱已入詩，已開闢一前人詩詞所未有之廣闊宇內。確實，唐漢元曲中雖已涉及西域中亞，但視野肯定不及現代人，雙足所涉之地，亦肯定不及現代人乘海輪飛機所及之處。不過，若一定要說饒先生就超過了前人，那也不一定。因為在他前面的康有為、梁啟超兩師徒，尤其環遊地球數圈的康有為，早已在詩詞中將世界各地的風土人情寫了個遍了。

　　歷史地理學家葛劍雄指出，中原王朝的統治疆域與降水量密切相關，漢族是農業民族，需要水來灌溉農作物，這跟遊牧民族到處轉場牧養牛羊的生活方式不一樣，雖然漢朝和唐朝能夠打下今天中亞一帶，但是長期維護它卻成本很大，靠農業稅收難以為繼，無利可圖，因此後來版圖收縮。只是到了近代以後，隨着現代工商業的發達，以及現代財政的建立，統治沙漠與草原地帶才不成為問題。

【例句】他們在新疆北部來了一次自駕遊，既拍到了準噶爾盆地中「大漠孤煙直」的鏡頭，也拍到了伊犁河平原「長河落日圓」的景象。

情景致色

明月松間照，清泉石上流。—————
唐・王維《山居秋暝》

【今譯】明月在松樹間照射，清泉在石頭上流動。

【故事】王維（701-761）曾任尚書右丞，故又稱王右丞。王維詩、書、畫三絕，有禪味。《山居秋暝》是他隱居終南山下藍田輞川別業（別墅）時所作，寫初秋時節山居所見雨後黃昏的景色。這兩句詩成為名句，不僅是因為隨意自然地寫出了終南山的景色，還因為暗示了賢士的情操。他曾在《濟上四賢詠》讚歎鄭、霍兩位「山人」的高尚情操，說他們「息陰無惡木，飲水必清源」。詩人自己也心志高潔，曾說：「寧息野樹林，寧飲澗水流，不用坐梁肉，崎嶇見王侯。」這月下青松和石上清泉，正是他所追求的理想境界。

【時析】中國詩詞對美國詩歌頗有影響。美國現代主義詩歌創始人龐德（Ezra Pound，1885-1972）受到漢學家費諾羅薩（Ernest Fenollosa）手稿的啟發，在不懂中文的情況下，理解到了中國詩詞重意象、具體的特徵，創造性地翻譯了李白《長干行》等 14 首中國詩，結為《神州集》出版。在此前後，龐德發起意象主義（imagism），主張詩歌應該直接表現主客觀事物，刪除一切無助於「表現」的詞語，以口語節奏代替傳統格律。龐德把「意象」稱為「一剎那思想和感情的複合體」。他們這麼做是針對當時西方主流的詩歌的，他們認為這些詩歌有如下缺點：詞彙堆砌、語言過時、重複累贅、格式複雜，尤其是傳統的章節和音步。龐德等人認為應由意象產生情感，而不是作者告訴讀者應該有何種感情。

情景致色

【例句】他隱退後住在老家的溪澗邊，有一天晚上，明月松間照，清泉石上流，忽聞叩門聲，原來是一撥記者前來採訪他成為隱士的秘方。

蟬噪林愈靜，鳥鳴山更幽。
南朝・王籍《入若邪溪》

【今譯】蟬噪，讓樹林更顯安靜；鳥鳴，使山上更覺幽寂。

【故事】大自然的幽靜，需要我們在寧靜中去諦聽，而恰到好處的鳥鳴或蟬鳴，則使幽靜倍增。正如在喧鬧的音響中加入一段「沉默」，沉默過後的喧鬧更加響亮一樣。對於自然的體味，中國古代的詩人和隱士早已有文章傳世，如陶淵明、王維。在美國，將自然作為一個獨立的主題，將在大自然中孤獨地生活作為人生旨趣的，則始於超驗主義作家梭羅（Henry David Thoreau，1817-1862）。

離梭羅的家鄉康科特城不遠處，有一個瓦爾登湖（Walden），周圍森林茂密。1845 年 7 月 4 日，梭羅向朋友借了一柄斧頭，獨自進入森林，砍樹搭屋，開荒種地，看書寫作，在兩年多的時間裏，他都自食其力，在小木屋周圍種上土豆、玉米和番薯，然後拿這些到村子裏去換大米，完全靠自己的雙手過了一段原始簡樸的生活。後來，他把這段經歷寫到了《瓦爾登湖》一書裏。他被稱為美國環境保護和生態文學的先驅。

【時析】這是生活中可以體會到的辯證法。就跟動靜、勞逸、黑白、繁簡在概念中對立，在生活中卻相輔相成一樣。聲音與沉默、響動與

安靜，並非絕對分開。《道德經》說，「大音稀聲」，大音雖異於凡音，但也離不了後者來襯出自己。徹底無聲，就不是「大音」，而是「死寂」了。這兩句詩裏，幽靜由蟬噪鳥鳴對襯出來，有生機活趣。據說，王安石有意搞翻案文章，硬要說「一鳥不鳴山更幽」，結果卻大概就是「死寂」了。

【例句】他畫了一張山水畫，樹上趴着一隻蟬，空中飛着一隻鳥，讓人看後覺得有「蟬噪林愈靜，鳥鳴山更幽」的意境，一片幽靜。

春潮帶雨晚來急，野渡無人舟自橫。
唐·韋應物 《滁洲西澗》

【字譯】野渡：指郊野、野外的渡口，無專人管理。橫：斜橫、隨意漂浮。

【今譯】春潮加上下雨，傍晚時水勢更急，野外的渡口一個人也沒有，只有船自己在河中任意漂浮。

【故事】建築師格羅塔斯為狄斯奈樂園做設計，快到對公眾開放的時間了，他卻仍沒有想出連接各景點的路線，心裏十分焦急。他決心去地中海放鬆，到了法國南部，那裏到處是葡萄園。當他經過一個小山谷時，看到那裏停着許多車子。原來這個葡萄園無人看守，路人只要在路邊箱子裏投入 5 法郎，就可以摘一籃葡萄上路。據說，這是一位老太太的葡萄園，她因無力料理而想出這個辦法。在綿延數百里的葡萄產區，總是她的葡萄最先賣完。這讓格羅塔斯深受啟發。他給施工部拍了一份電報：「撒上草種，提前開放。」施工部照辦了。在提前

開放的半年裏，草地被行人踩出了許多條小道，有寬有窄，優雅自然。第二年，格羅塔斯按這些踩出來的痕跡鋪設了人行道。1971 年，在倫敦一次國際會議上，這條路徑被評為世界最佳設計。

【時析】太入世容易患得患失，得心理疾病，較好的辦法，可能是以道家的心態辦儒家的事，「外儒內道」。這種「以出世精神入世」的做法，在今天也還是有價值的，辦事就要認真地辦，但是成敗得失有時不能由我掌握，不必患得患失。

【例句】民國政治混亂，軍閥割據，政客如走馬燈一般你方唱罷我上場，普通官員無能為力，很多人到最後就以「野渡無人舟自橫」自嘲，順應時勢，清靜無為。

綠楊煙外曉寒輕，紅杏枝頭春意鬧。
宋·宋祁《玉樓春》

【今譯】綠楊如煙，清晨的寒氣已輕，紅杏爭相綻放在枝頭，把春意鬧了起來。

【故事】宋祁（998-1061），曾任宋朝工部尚書，他因「紅杏枝頭春意鬧」這句詩而被世人稱為「紅杏尚書」。他和哥哥宋庠並稱「小宋」「大宋」。一天，宋祁在京城閒逛，有宮車疾馳而來，他來不及回避。車過時，他聽見車中有一女子嬌聲道：「那是小宋呀！」這一聲呼喚攪得他寢食不安，寫下一首《鷓鴣天》：「畫轂雕鞍狹路逢，一聲腸斷繡簾中。身無彩鳳雙飛翼，心有靈犀一點通。金作屋，玉為櫳，車

如流水馬如龍。劉郎已恨蓬山遠，更隔蓬山幾萬重！」詞很快便傳了
開來，宋仁宗也聽到了，叫人把宋祁召來。宋祁驚惶不安，一再叩頭
謝罪。仁宗看着他害怕的樣子，忍不住大笑道：「蓬山不遠。」說完
便召來那位宮女，將她賜給了宋祁。

1061 年，宋祁寫下詩句「香隨蜂蜜盡，紅入燕泥乾」。有人讀到
後，說「紅杏尚書」將不久於世了。果然，沒過多久，宋祁便去世了。

【時析】因一字而留名詩史的詩人也有幾位，宋祁就是其中之一。今
人能記住他，就是因為「紅杏枝頭春意鬧」裏的這一個「鬧」字。這
個「鬧」字，既有顏色（紅色熱烈），也有聲音（熱鬧），頗得評論
家們的讚賞，王國維說，「着一『鬧』字而境界全出」。當然，贊詞
聽多了，就有唱反調的。李漁說，「鬧字極俗，且聽不入耳，非但不
可加於此句，並不當見之於詩詞」。這就說得有點極端了。

【例句】會場氣氛活躍，這時他站了起來，舉手提了一個更尖銳的問
題，引出一連串問答，使與會者都亢奮起來，進入了熱烈的討論，真
是「紅杏枝頭春意鬧」啊！

欲把西湖比西子，淡妝濃抹總相宜。
宋·蘇軾《飲湖上初晴後雨》

【今譯】我想把西湖比喻成美女西施，無論是淡妝還是濃妝，都總是
那麼合適。

情景致
色

【故事】杭州西湖是聞名中外的景區，它是自然景觀和人文景觀相映成輝之地，湖裏兩條主幹道白堤和蘇堤風景最優美，說起來跟白居易、蘇東坡兩位大詩人有關係。白居易曾任杭州刺史，在任時修過一條堤，但並非在西湖一帶，當時人稱白公堤。後來杭州人為緬懷他，就把西湖白堤跟他聯繫起來。蘇堤舊稱蘇公堤，為蘇軾（1089年）任杭州知府疏浚西湖時取湖泥和葑草堆築而成。「蘇堤春曉」在蘇東坡時即已成為西湖十景之首。西湖有此兩位大詩人的勝跡，加上其他人文勝景（如西泠社），成為江南人文淵藪。

【時析】最近二十年中國的城市建設，一窩蜂地搞土地開發，全國所蓋的房子都大同小異，形成了「千城一面」的奇怪現象。更可悲的是，中國建城，還喜歡拆了老城建新城，將古董當作垃圾清除掉，實際上是在破壞歷史文物，破壞歷史。這二十年建城運動對歷史記憶的破壞程度可能超過了文革時期。如果官員中多幾個白居易和蘇東坡這樣有文化、有涵養的人才，也許就會多幾個獨特的城市，為後人留下辨識度高的旅行勝地了。

【例句】他到日內瓦湖旅遊，看到湖上風景變幻，馬上想到西湖四季的景色，覺得「欲把西湖比西子，淡妝濃抹總相宜」這兩句詩也可以用在這裏。

細雨魚兒出，微風燕子斜。
唐・杜甫《水檻遣心》

【今譯】下小雨時，魚兒冒出了水面；吹微風時，燕子飛起來斜斜的。

情景致色

【故事】杜甫觀察事物很仔細。「微風燕子斜」，寫燕子順著風脈轉動身子，「細雨魚兒出」這一句也很精確。據垂釣愛好者的研究，和風細雨時，風颺動水面，會使水體溶氧度增高，魚類活躍，樂於攝食，是垂釣的好時機。杜甫寫情寫景都如身臨其境，有常人達不到的細微。《城西陂泛舟》寫長安仕女泛舟湖上，說「魚吹細浪搖歌扇，燕蹴飛花落舞筵」。「魚吹細浪」，是因天氣悶熱氣壓低，水裏的魚兒游到水面吐泡泡，甚至紛紛躍出水面。「燕蹴飛花」證實了氣壓低的情況，因為燕子也飛得極低，所以杜甫才有可能近距離觀察到「燕蹴飛花」（燕子踩到花朵）。這很可能是在麥收前後（陽曆六月），尤其第一場大雨之前。杜甫簡直是用高倍望遠鏡和慢鏡頭捕捉到了燕子的飛翔動作。

【時析】好的詩人要有多方面的學問，注意觀察生活，體會人情百態，這樣寫起詩來才會具體、清晰、儀態萬方，如果只是一味空泛地抒情，就只能給讀者一些空洞的情緒，而不能有思想和感受的收穫了。杜甫之所以被稱為「詩聖」，中國文學史上最偉大的詩人，不是沒有緣故的。這跟他的詩準確地描寫了事物，生動地記載了歷史事件，真實地描述了歷史情境中的人物心理和命運，同時在詩歌藝術上達到了高度的精確、精微、精妙是緊密相關的。他對於世界和人間的儒家仁愛的態度，對於國家的忠誠，對於惡勢力的憎惡，跟人民的同呼吸共命運，使他的詩具有永恆的價值。無論是在詩藝還是在人品上，杜甫都堪稱我們寫作的楷模。

【例句】春夏之交，他看到細雨魚兒出，微風燕子斜，就知道釣魚的好時節到了。

第十二章

學

習 博

問

博學習問

別裁偽體親風雅，轉益多師是汝師。
唐・杜甫《戲為六絕句》

【字譯】別裁偽體：區別和裁減、淘汰那些形式內容都不好的詩。親風雅：學習《詩經》風、雅的傳統。轉益多師：多方面尋找老師。

【今譯】區別和裁減、淘汰那些形式內容都不好的詩，學習《詩經》風、雅的傳統。只有不拘一時一家地多方面學習各家的長處，才算真正找到了你的老師。

【故事】仇英（1494-1552）是明朝大畫家，與沈周、文徵明、唐伯虎並稱「明四家」。仇英在人物畫、山水畫各方面都很專精，這跟他善於學習各家長處有關。他的人物畫，尤其仕女畫，注重對歷史題材的刻畫，吸收了南宋馬和之及元朝畫家的技法，筆力剛健，特擅臨摹，粉圖黃紙，形象秀美，線條流暢。他的山水畫，師法趙伯駒、劉松年，發展南宋李唐、劉松年、馬遠、夏圭的「院體畫」傳統，融會前代各家之長，即保持工整精艷的古典傳統，又融入了文雅清新的趣味，形成工而不板、研而不甜的新典範。他還有一種水墨畫，從李唐風格變化而來，有時作界畫樓閣，尤為細密。評論家張醜評價仇英說，他的畫「山石師王維，林木師李成，人物師吳元瑜，設色師趙伯駒，資諸家之長而渾合之，種種臻妙」。

【時析】任何大畫家、大詩人、大文學家，都是善於學習前輩和同代人的長處的。比如杜甫，在古體、律詩的詩歌形式上都學習過前輩詩人，成為集大成者。再如榮獲 2012 年諾貝爾文學獎的小說家莫言，就曾從拉丁美洲「魔幻文學」和山東民間文學受到啟發，創造了他自己的風格。

　　與「轉益多師是汝師」相對的是有着嚴格師門傳承的門徒制，有的終生只跟從一個師父，如相聲、戲劇界，這樣做的好處是專一，將師父的功夫傳承下來，但壞處是視野較窄，如果師父本身的本領不高，很容易出現「一代不如一代」的現象。因此，「吃百家飯的孩子」反而會在視野上開闊。但如果不願意下苦功，一個固定師父也沒有，也可能會流於表面，缺乏紮實的訓練，基礎不牢。較好的成長辦法，還是打好基本功，能碰到好的導師當然最好，碰不到也不要洩氣，一個一個紮實地學，隨着訓練練就「心靈手巧」，總有水到渠成，出成績的那一天。

　　在學術界、思想界也有同樣的情況。學術大師、思想大師，有的是自己創造了自己，並無顯赫的師承，有的是在師父的基礎上吸收其他人的長處，加上自己的思考，更進一步。比如柏拉圖之於蘇格拉底、亞里斯多德之於柏拉圖；再比如胡塞爾之於布倫塔諾、海德格爾之於胡塞爾、伽達默爾之於海德格爾，都能夠堅持「我愛吾師，但我更愛真理」，多方學習，最終青出於藍而勝於藍。對於學生來說，最可貴的是在師門家法的基礎上吸收別家的長處，有所創造。最可怕的是把導師當作宗教教主，不敢越雷池一步，成為導師的留聲機。

　　當然，要說最好的「師」，那還是生活本身，所謂「外師造化，中得心源」，人在生活中直接面對大自然和社會，要善於觀察，多多思想，參悟自然和人生的道理。相對之下，再多的老師也只是一種「中介」，是為了喚醒你直接的感悟的。

【例句】他夜以繼日地學習設計，換了兩三個學校，跟了五六位名師，最後終於卓然成家。看來，轉益多師是汝師，吃百家飯，不偏食是有它的好處。

讀書破萬卷，下筆如有神。

唐‧杜甫《奉贈韋左丞丈二十二韻》

【今譯】博覽群書，把書讀透，運筆時自然就會得心應手。

【故事】2012 年獲得諾貝爾文學獎的中國作家莫言（1955- ），出生於山東高密農村，因為趕上「文化大革命」，小學都沒有畢業，但他從小愛讀書，小學時把周圍幾個村子能找到的書都讀完了。同學家有一本《封神演義》，為了看這本書，他為同學家拉了一上午的磨。他用各種方法，把周圍幾個村子裏流傳的《三國演義》、《水滸傳》、《儒林外史》，以及「文革」前的小說《青春之歌》、《破曉記》都看了。有一次他從同學那裏借到一本《三家巷》，當他讀到區桃在沙面遊行被流彈打死時，趴在麥秸草上低聲抽泣起來。好長一段時間裏，心裏悵然若失，無心聽課，眼前老是晃動着美麗少女區桃的影子，手不由己地在語文課本的空白處，寫滿了區桃。他從一個老師那裏借到了一本《鋼鐵是怎樣煉成的》，晚上站在門檻上就着油燈看書，頭髮被燈火燒焦了也不知道。「文革」中無書可讀，他只好讀《新華字典》，以及《中國通史簡編》。1976 年他參軍，在部隊擔任圖書管理員，把館裏一千多冊文學書全都看完了。就這樣他逐漸地走上小說創作之路，最終成為世界聞名的大作家。

【時析】讀書破萬卷，是言其讀得多，但是光多，漫無目標，也不好，恐怕會讀成一個閒人，成了「樣樣通，樣樣鬆」的閒人，寫起文章來也是「散文」，東拉西扯，不能聚焦。最有效的讀書法，還是「帶着問題去讀書」，目標明確，效率高，如能寫出解決問題的文章來，那就是對人類的貢獻了。

相對古代作家「想讀書而無書可讀」，現代作家的問題是「書太多而不想讀書」，許多人忙於寫書，無暇讀書，直接寫一手的生活當然好，但是一個人的一手生活終究有限，總不能寫成自媒體報導。讀書是二手生活，而文學需要虛構，因此需要藉助於他人所提供的素材。除此之外，讀好書能使我們學到寫作的技巧，尤其經典名著，是歷代流傳下來的傑作，經歷了時光的淘汰才留下來。否則，我們寫生活很可能就如小學生寫作文，把經歷講完後，就乏善可陳了。孔子說，「言之無文，行之不遠」，簡單的個人經驗的記敘，很少有能流傳下去的。小說虛構勝過紀實報導，一百年後還有人看，就是因為兩相比較，小說有文采，有才情，能引發普通讀者的同情和興趣，而紀實報導更多只是歷史學家才有興趣。

【例句】真是讀書破萬卷，下筆如有神，這個作文題哪能難倒他？他一下筆就滔滔不絕，洋洋千言，倚馬可待，並且早早地就交了卷，把老師都驚呆了。

試玉要燒三日滿，辨材須待七年期。

唐‧白居易《放言》

【今譯】驗證玉的好壞，要在火裏燒滿三天，辨別一個人的品德，要花七年時間來考驗。

【故事】周公在輔佐周成王的時期，有一些人懷疑他有篡權的野心，但歷史證明他對成王一片赤誠，說他忠心耿耿是真，說他篡權則是假。王莽在未取代漢朝政權時，假裝謙恭，曾經迷惑了一些人，《漢書》

231

說他「爵位愈尊，節操愈謙」。但歷史證明他的「謙恭」是偽，代漢自立才是他的真面目。

【時析】現在工作一般有個「見習期」，是公司對新人的一段觀察期，同時也是新人對新公司的一個觀察期，如果發現問題可以及時退出，免得將來齟齬不斷。民主政治跟這個制度有些類似，一般一屆四年或五年，幹不好人民就讓你走人，換個新領導試試。美國總統四年一任，天天處於「見習期」，一般情況下也能幹兩屆，人民樂於給他機會，但也只是兩屆，防止利益固化。跟民主制國家相比，一些傳統型國家還是「鐵打的獨夫流水的兵」，「萬年領導人」終生在位，矛盾一積壓就是幾十年，不到他死百姓看不到別的機會。這是這些國家爆發顏色革命的一個重要原因。

【例句】我才來公司幾天，你就讓我走人，到底是誰不負責任？試玉要燒三日滿，辨才須待七年期，請你給我時間來證明我自己。

紙上得來終覺淺，絕知此事要躬行。——
宋·陸游《冬夜讀書示子聿》

【今譯】書本上得到的知識終歸是淺薄的，要真正理解書中的深刻道理，必須親身實踐。

【故事】《莊子·天道》中講了一個書面知識跟實踐知識的差距的故事。齊桓公在堂上讀書，輪扁在堂下砍削木材製作車輪，輪扁放下椎鑿的工具走上堂來，問齊桓公說：「請問，您所讀的是甚麼書呀？」

桓公說：「是記載聖人之言的書。」輪扁又問：「聖人還在嗎？」桓公說：「已經死了。」輪扁說：「那您讀的書不過是聖人留下的糟粕罷了。」桓公生氣了，說：「我讀書，你一個做輪子的怎麼能議論？說出道理來我就放過你，說不出的話我就殺了你！」輪扁說：「我是從我做的事看出來的。削木製作輪子，輪孔寬了就容易滑脫，輪孔緊了輪輻就滯澀難入，只有不寬不緊，才能心手相應，做出上等的車輪。這裏面有規律，但我只可意會，不可言傳。我不能明白地告訴我的兒子，我兒子也不能從我這裏學到，所以我七十歲了，還在獨自做車輪。古人和他們所不能言傳的東西都一起死了，那麼您讀的書不過就是古人留下的糟粕罷了！」

【時析】書本知識是二手知識，親身實踐得來的知識是一手知識，二手知識只能說到一般的、普遍的情況，但實踐需要根據具體的情境和環境來處理問題，有時從書本學來的普遍知識不夠用或者與實踐經驗正好相反，這時就要根據實踐提出新的理論和主張。古代聖王治國的理論，是根據他們當時的條件提出來的，而且他們略去了許多語言無法表明的微妙之處，因此，後人在早已變化的時代環境中照搬古人的經驗，就會有「削足適履」、「刻舟求劍」、「紙上談兵」的危險。特別是涉及身體功能和手工操作的技藝類知識，單憑書面知識是無法處理好現實面臨的問題的，比如，同樣是建築工人在鋪地面，一些有經驗的老工人鋪出的地面就又平又美觀，多年後還是如此，而沒有經驗的新手鋪出的地面表面上也好看，但過了三五個月就出問題，下幾場雨後行人走在上面就滋出泥漿。同樣是開車，有的人開得十分順滑，乘客在車上覺得十分舒服，有的人開得毛手毛腳，乘客坐一會就頭暈目眩直想嘔吐。這都是需要在實踐中細心摸索才能學到的知識，不是從書本上或聽別人幾句話就能學來的。

【例句】他原來也知道為官不易，但沒想到如此之難，無論對上對下，還是對同輩，都要拿捏好分寸，小時候耳聞目睹過一些古訓，到這時方覺得「紙上得來終覺淺，絕知此事要躬行」，一定要考慮一些潛規則，否則就會觸礁翻船。

十年磨一劍，霜刃未曾試。
今日把示君，誰為不平事。
唐·賈島《劍客》

【字譯】霜刃：形容劍刃寒光閃閃，十分鋒利。把示君：拿給您看。

【今譯】用了十年工夫磨製出一把寶劍，劍刃寒光閃閃卻還沒有試用過。今天，把它拿給您看，請告訴我誰有不平的事要伸張。（後來一般用「十年磨一劍」比喻長久的準備工夫，專注地修煉，終於有所成就。）

【故事】張益唐 1955 年出生於上海，9 歲時對數學發生興趣，少年時代正趕上「文革」，學校停辦，他就自學數學。1978 年中國恢復高考，他考到了北大數學系，後來到美國讀博士。 張益唐關心「雅克比猜想」，這是代數幾何學中的一個大難題。由於執着於純數學，加上跟導師思路不同，博士畢業後他沒有在大學找到教職，換了許多臨時工種，閒時到大學圖書館讀數學雜誌。後來到新罕布夏大學任講師。2010 年，他開始研究「素數間隔」，日思夜想，但不得其門而入。2012 年 7 月，張益唐在科羅拉多州給一位朋友的小孩輔導微積分，7 月 3 日這天，他輔導完後在院中散步約半個小時，思索着他的數學問題，突然間得到了靈感。他寫出了論文《素數間的有界距離》（Bounded

Gaps Between Primes），次年提交給了名刊《數學年刊》，得到了評委的高度評論，認為他作出了里程碑式的貢獻。他一夜成名，連獲數學界的大獎，而在榮譽的背後，是他將近五十年對數學的熱愛和默默的付出。

【時析】在秦始皇兵馬俑裏，考古人員發現一把青銅劍被陶俑給壓彎了，彎曲的程度超過了45度，當考古人員將陶俑移開之後，青銅劍竟然馬上反彈過來，變直了，這種異常驚人的韌性令人驚詫。鑄劍是古代的高科技，「十年磨一劍」意謂慢工出細活，精益求精。現代分工越來越細，一個人要在專業內有所發現發明，非得經過長期學習不可。大多數博士生還只是在繼承專業知識，極少數人能在某個分支上有發明創造。現在從小學讀到博士畢業，大約要花二十年，說「二十年磨一劍」毫不為過，並且還不一定能「磨」得出來。現代社會能「百尺竿頭更進一步」，有賴於這種教育制度，這是古代社會沒法比的。所以，當我們戴上學士、碩士、博士帽的時候，往往還只是一個開始，「路漫漫其修遠兮，吾將上下而磨劍」。

【例句】從本科到博士一般是「十年磨一劍」，他多花了三年才把博士論文「磨」出來，最後不僅順利通過，還獲得了全國優秀論文獎，被同學們稱為「大器晚成」。

文章千古事，得失寸心知。
唐·杜甫《偶題》

【今譯】文章是傳之千古的事業，而其中甘苦得失只有作者自己心裏知道。

【故事】杜甫晚年在《遣悶戲呈路十九曹長》中說「晚節漸於詩律細」，指杜甫對自己詩律的肯定，「漸於」是指積一生之功，漸知詩律並運之自如。「細」則自認詩律精細如毫髮。杜甫晚年的詩，都是千錘百煉出來的名篇，每一個字的聲音和意義都精心打磨過，其詩歌藝術的頂峰是《秋興八首》。

【時析】古代教育普及度低，能寫文章的終是少數，兩軍對壘時，檄文能起到「橫掃千軍」爭取民心的作用。當代教育普及，作家也成了「碼字匠」，尤其電腦、手機使得人人時時都能寫東西，「自媒體」讓人人爆料，「口水」氾濫，寫的比看的多，談何影響，「千古」就更不可能了。要想引得「眾人」矚目，就要有獨到材料，或者切中人們關心的主題，在「水軍」和「推手」的操作下，還是有「萬眾矚目」的機會。比如大陸社交媒體「微信」，這兩年就讓幾位「寫手」一夜成名，但由於缺乏長期積累，他們成名快，消失得也快，「各領風騷三五天」。

【例句】那個評論家對他大加讚賞，但他覺得那些評論是隔靴搔癢，沒說出他作品的真正特點，看來，真正的知音並不多，真是文章千古事，得失寸心知，甘苦自知就行了。

腹有詩書氣自華，讀書萬卷始通神。
宋·蘇軾《和董傳留別》

【字譯】腹有：胸有，比喻學於成。氣：表於外的精神氣色。華：豐盈而實美。

【今譯】「腹有詩書氣自華」來自蘇軾《和董傳留別》，比喻只要飽讀詩書，學有所成，氣質才華自然橫溢，高雅光彩。

「讀書萬卷始通神」來自蘇軾《柳氏二甥求筆跡二首》，意謂只有讀破萬卷書才能實現如通神靈的創作境界。

【故事】中國在二十世紀產生了幾位學貫中西、既有學識又富才情的通人，比如陳寅恪、錢鍾書、饒宗頤。他們都精通多門外語，諳悉西方文化，同時在中國傳統的文史哲領域學有專精，撰有被奉為經典的著作，又富有才華，都擅長詩詞創作，抒情述事，俱不在話下。錢鍾書還創作了傑出的諷喻小說《圍城》，饒宗頤更兼擅棋琴書畫。他們涉獵領域之廣，論述之精深，為同輩所不及，歎為觀止。

不多的幾位「通人」之外，還有一些「專才」和「怪才」，如季羨林先生，精通古典印度語言，學術上也是不錯的，但在才情上就略遜一籌。至於「怪才」，如香港粵語詞人黃霑、倪匡，也都可算。

【時析】「腹有詩書氣自華」的意思，本義是指一個人讀書讀得多了，身上會自帶一股書卷之氣，形成讀書人所特有的言行舉止。後來引申為，一個人學識豐富，見識廣博，不需要刻意裝扮，就會由內而外產生出一種氣質，相反，如果沒有內涵的話，不管怎麼打扮，都不會顯得有氣質風度。民國時期產生了一批有才有貌的「名媛」，迄今尚為人們所仰慕，像林徽因、楊絳、合肥張氏四姐妹（張元和、張允知、張兆和、張充和），都可以說是其中的翹楚。她們的美麗由內而外，一個個都知書達理，有才華，有氣質，光彩照人。

博學習問

　　當今知識爆炸，社會分工越來越細，專業知識日趨狹窄，「讀書破萬卷」仍有現實意義。歐美仍堅持「博雅教育」（liberal arts），就是要破除知識、思維的狹窄化之弊，讓一個人視野開闊，對於世間的各種美好，都能有一種領悟，而不致於成為只知賺錢和花錢、毫無趣味的市儈和呆匠。

【例句】在許多新來的學生當中，她的氣質獨特，一眼就能認出來，後來經過了解，她果然是「腹有詩書氣自華」，寫得一手好詩詞，古典修養很深厚。

文章本天成，妙手偶得之。
宋·陸游《文章》

【今譯】文章本是天然而成，是技藝高超的人在偶然間得到的。

【故事】1780 年 9 月 6 日，正在魏瑪宮廷服務的 31 歲詩人歌德，到伊爾默瑙（Ilmenau）附近的基克爾汗峰（Kickelhahn）登山，夜宿峰頂小木屋，萬籟俱寂之中，他突發靈感，用鉛筆在木屋二樓牆壁上隨手寫了一首《流浪者之夜歌》：「一切的峰頂 / 沉靜；/ 一切的樹尖 / 全不見 / 絲兒風影。/ 小鳥們在林間無聲。/ 等着罷，俄頃 / 你快也安靜。」寥寥數語，透出深山日暮的靜謐，結尾顯露詩人倦於驅馳，渴望內心安寧。1831 年 8 月 27 日，歌德 82 歲時，再次來到這峰頂木屋，當他看到那首詩的字跡時，不禁潸然淚下。他說：「對，等着罷，俄頃，你快也安靜！」第二年春天，歌德就去世了。

　　《流浪者之夜歌》原文音調優雅，意境高遠，被視為歌德抒情詩絕唱，它由舒伯特、李斯特等作曲家譜曲達二百種以上。梁宗岱在給徐志摩的信裏說，這首「篇幅小得可憐」的詩「給我們的心靈震撼不減於貝多芬的一首交響樂——因為它是一個偉大的、充滿了音樂的靈魂在最充溢的剎那間偶然的呼氣，——可是畢生的菁華，都在這一口氣呼了出來」。1936 年，梁宗岱在給自己的詩集命名時，就起名《一切的峰頂》。

【時析】寫文章、作畫、譜曲，這類創造性的勞動，都跟平時的積累有關，但亦含有靈感的成份在裏面，「漸修」和「頓悟」是相輔相成的。很難想像一個平時懶得思考某個問題的人，會突然間得到解決這個問題的辦法。靈感只給有準備的人。但是，光是重視循序漸進的積累，也不一定就能得到靈感，正如愛迪生所說，成功除了 99% 的汗水之外，還需要 1% 的靈感來「畫龍點睛」。靈感一般在持續的、高強度的思考當中出現，但有時也在精神放鬆的一剎那出現，正因為它具有「捉摸不定」的特點，所以，它不是一個可以按計劃捕捉的精靈，而是一個常常給人驚喜的天外來客。保持持續的專注，靈感總有一天會降臨到你頭上，這也許就是「渾然天成」的基礎。

【例句】李娟是一個沒有經過正規教育的漢族少女，長期在邊疆遊牧民族當中生活，閒暇時隨手記敘牧人故事，一鳴驚人。她的文筆簡潔生動，可謂「文章本天成，妙手偶得之」，別的作者想學也學不來。

第十三章

辭藻修賦

修辭漢賦

鳥宿池邊樹，僧敲月下門。
唐・賈島《題李凝幽居》

【今譯】鳥睡在池邊的樹上，僧人敲響了月光下的門。

【故事】賈島（779-843）是唐朝「苦吟派」詩人代表，天天琢磨着詩句。有一次，他騎在毛驢上，為兩句詩「鳥宿池邊樹，僧推月下門」發愁，他覺得「推」也許換成「敲」更好，但用了「推」又好像哪兒不對。他的手一會兒做着「推」的姿勢，一會兒做着「敲」的姿勢，反復斟酌，不知不覺闖進了大官韓愈的儀仗隊。韓愈問賈島為甚麼闖進自己的儀仗隊，賈島就把自己的苦惱說給韓愈。韓愈聽了，對賈島說：「我看還是用『敲』好，敲表示懂禮貌，而且響靜對照，讀起來也響亮些。」賈島聽了，不覺贊同。兩人後來成了詩友。「推敲」從此也就成為了膾炙人口的常用詞，用來比喻做文章或做事時，反復琢磨，反復斟酌。

【時析】在最關心遣詞造句的人裏面，必定有詩人、律師和官員。詩人是為了寫出「語不驚人死不休」的奇句，讓讀者過目不忘；律師是為了辯護，要講究邏輯推理，打贏官司；官員則是為了升官，不丟烏紗帽，而字斟句酌地寫好奏章或報告。三者之中，只有詩人大公無私，對一個國家或民族的語言作出貢獻，一些句子成為「千古名句」，千百年後還能成為人們的口頭禪，成為他們思想的一部份。他們匠心獨運，妙句疊出，達到語言藝術的高峰。比如，莎士比亞的句子：「Out, out , brief candle, life is but a walking shadow.」就繪形繪影，把吹滅蠟燭的口型（Out），蠟燭熄滅時的短促感（out, out），以及熄滅後的陰影（walking shadow）寫了出來。再如杜甫的名句「留連戲蝶時時舞，自

242

在嬌鶯恰恰啼」，裏面的「時時」、「恰恰」諧音狀形，非常適切。再如杜甫另一個名句「無邊落木蕭蕭下，不盡長江滾滾來」，裏面的「蕭蕭」和「滾滾」有聲有色，跟無邊落木、不盡長江完美配合。

在當代，一些媒體也發明了一些新詞語，來描述從前沒有的現象。在漢語中，兩岸三地都出現了一些新的詞彙。比如在大陸，就有「普大喜奔」（這是對官方報紙經常用的「普天同慶、大快人心、喜聞樂見、奔相走告」的縮寫），「人無貶基」（官報上說人民幣沒有貶值的基礎，其實人民幣正在貶值），「中或最贏（中國或將成為最大贏家，其實中國可能吃虧了）、「被自殺」（自殺本來是主動行為，但是要麼報紙將一個被迫死亡的人說成了自殺身亡，要麼這個人是在某種壓力下被迫自殺）。在香港，則出現了「禮義廉黨」這類的諷刺用詞（暗示沒有「恥」）。

【例句】「推敲」這個典故，來自於賈島的兩句詩「鳥宿池邊樹，僧敲月下門」，裏面的「敲」字一定比「推」字高明嗎？我看不見得，還可以再推敲推敲。

春風又綠江南岸，明月何時照我還。
宋·王安石《泊船瓜洲》

【今譯】溫柔的春風又吹綠了大江南岸，可是，天上的明月呀，你甚麼時候才能夠照着我回家呢？

【故事】王安石55歲時變法失敗，被罷了相，早春時他想回金陵看望

修辭漢賦

家人，便坐船北上，到了揚州瓜洲渡口，看到兩岸泛綠，想到家人，不禁隨口吟詩一首：「京口瓜洲一水間，鐘山只隔數重山。春風又到江南岸，明月何時照我還？」不過，他總覺得第三句「到」字平庸，不夠貼切。他先改為「過」字，又改為「入」字和「滿」字，都覺不妥。忽然，他想到在船上望見的綠色的山、綠色的水、綠色的田野和草木，處處皆綠，何不用一個「綠」字呢？「春風又綠江南岸」，好！就這麼定了。

【時析】語言不只是我們在學校寫作文的事，還是一生都要經營的事業。除了詩人、律師對語言要高度敏感外，官員也要重視語言，其升遷的訣竅很大部份事關語言。比如，晚清時曾國藩跟太平天國打仗，連吃敗仗。他請皇上增援，草擬奏章，提到自己「屢戰屢敗」，因此需要朝廷增援。一位師爺看了他的奏章後，提醒他說，前段時間，一員大將也說自己「屢戰屢敗」，被貶了數級。於是曾國藩苦想對策，最後將「屢戰屢敗」改為「屢敗屢戰」，從「屢戰屢敗」的無能一變而為「屢敗屢戰」的英勇無畏、不畏險阻，皇帝看後果然大悅，給他增兵。再比如現在的一些政府報告和政策建議，都經過了諸多專家的字斟句酌，每一個字都是經過仔細思索的，不能留下任何漏洞，否則，就可能影響到股市、房市、期貨、經濟走勢，或者寫稿人的官運等等，說「一字值十億」也不為過。因此，我們在平時的語文學習中，一定要培養語言感覺，把握每一個漢字的所指、含義和意味，因為這會跟你以後的生活與工作息息相關，密不可分。

【例句】春風又綠江南岸，他在油菜花裏走，只覺得暖風吹來，身上懶洋洋的，真想找個地方睡一覺。

修辭漢賦

尋尋覓覓，冷冷清清，淒淒慘慘戚戚。
宋・李清照《聲聲慢》

【今譯】我茫然若失，到處找啊找啊，可是卻到處冷冷清清，我不由得淒淒慘慘，憂傷難抑。

【故事】公元 1127 年夏徽宗、欽宗二帝被金人俘擄，北宋滅亡。在此前後，李清照丈夫趙明誠因奔母喪先南下金陵，李清照隨後南下相會。趙明誠家在青州，家裏藏書十餘屋都被亂兵焚毀，損失慘重。兩年後趙明誠病死，李清照時為四十六歲。她把丈夫安葬以後，追隨流亡中的朝廷由金陵逃難到浙東，所有庋藏喪失殆盡。想到就在兩年之間，國破家亡，人生的際遇頓時全變，李清照的淒慘之情，盡凝於這首《聲聲慢》中。

【時析】李清照這三句全由疊聲字寫出，是千古名句。主人公一早起來，就若有所失，到處尋找，希望找到點甚麼（丈夫的遺跡？）來安慰自己。「尋尋覓覓」的結果卻是「冷冷清清」，不但無所獲，反而感到孤寂清冷，意識到自己多麼「淒淒慘慘戚戚」。這幾句無論用甚麼白話文翻譯，都會遜色。用英文翻譯更是勉為其難。不過，我們湊巧找到兩位翻譯大家的對譯，可以用另一種語言感受李清照詞的魅力。

　　林語堂譯為：So dim, so dark, So dense, so dull, So damp, so dank, So dead.（注意都押了頭韻 d）

　　許淵沖譯為：I look for what I miss; I know not what it is. I feel so sad, so drear, So lonely, without cheer.

林譯中，dim 和 dark 暗指天色已晚；dense 和 dull 仿佛使讀者看到詩人尋覓不得，空洞失落的眼神；damp 和 dank 直達詩人內心深處，引起讀者深深的同情；最後一個 dead 是詩人絕望無助抑鬱於胸的哀怨。林譯可謂達到了「神似」。

許譯讓讀者的目光隨詩人一起尋覓，心靈隨詩人一同感受。他用完整的句子傳達了作者的悲涼心緒，他用雙行押韻的方式補償原詞的疊字疊韻，第一行 miss 與「覓」字同音，第四行 cheer 和「戚」字同音，實現了「音似」。

【例句】你知道這個網絡紅人嗎？別看他現在春風得意，依紅偎翠，可是當年他跟我們同學時，沒一個女孩子喜歡他，他整天「尋尋覓覓，冷冷清清，淒淒慘慘戚戚」！

無邊落木蕭蕭下，不盡長江滾滾來。
唐・杜甫《登高》

【字譯】落木，指秋天飄落的樹葉。蕭蕭，模擬草木飄落的聲音。

【今譯】無邊無際的樹木蕭蕭地飄下落葉，望不到頭的長江水滾滾奔騰而來。

【故事】這兩句是杜甫巔峰詩句之一，不僅富有場面壯闊，富有畫面感，還富有聲音，真是「繪聲繪色」。著名詩人余光中先生認為，這兩句詩中，「無邊落木，『木』後是『蕭蕭』，是草字頭，草也算木；

不盡長江，『江』後是『滾滾』，也是三點水。從字形、押韻、達意上都難以翻譯」。著名詩人卞之琳曾經將其中「蕭蕭下」譯為 shower by shower（紛紛灑落），當代翻譯家許淵沖先生琢磨了很長時間，才將這兩句比較完美地翻譯出來：

The boundless forest sheds its leaves shower by shower;

The endless river rolls its waves hour after hour.

在英詩中亦有類似的名句，比如彌爾頓《失樂園》中寫大天使路西弗（撒旦）造反失敗，潰不成軍，橫七豎八地躺着的情景：

he stood and called

His legions, angel forms, who lay entranced

Thick as autumnal leaves that strew the brooks

In Vallombrosa, where the Etrurian shades

High overarched imbower...

Vallombrosa 是意大利佛羅倫斯附近的一個地方，有「濃蔭蔽日的村莊」之意。Etruria 是意大利中部古國伊特魯裏亞。彌爾頓曾去過 Vallombrosa 這個古時屬於伊特魯裏亞的濃蔭蔽日的山谷村落，知道那裏落葉紛飛鋪地的景象，因此才信筆拈來，繪影繪聲，形成奇喻。朱維之先生勉強譯為：

他站住，招呼他的眾官兵，

他們雖然具有天使的容貌，

卻昏沉地躺着，稠密得像秋天的繁葉

紛紛落滿了華籠柏絡紗的溪流，
那溪流夾岸古木參天，枝椏交錯

　　詩歌是語言的藝術，語言中蘊含了形象、聲音，好的詩能突出語言的魅力，上述杜甫、彌爾頓的詩句就體現了漢語和英語的特點，兩人不愧是各自語言的大詩人。

【時析】在古往今來的教育課程中，都會有學習本國語言文學的課程，其中經典詩歌一定是要學習的。為甚麼要學習經典詩歌？因為它們是本國語言藝術的精華所在。學習詩歌，可以讓人知道如何用精煉、形象、簡潔的文字，寫出豐富多彩的內容。詩歌，將本國語言的音樂美、建築美、意象美完美地結合起來，讓核心價值觀和美學傳統傳承下去，形成文化共同體和審美共同體，甚至形成共同的政治認同。從近代史來看，但丁《神曲》之於意大利人的國族認同，馬丁路德翻譯《聖經》之於德國人的國族認同，都起了很大的作用。英國人以英詩為英國文學的明珠，十分重視英國詩歌傳統，不是沒有道理的。與它們相比，中國有着源遠流長的詩歌傳統，從《詩經》、屈原到現代的戴望舒、馮至、卞之琳的漢詩凝聚了漢語的精華，用「一句好詩抵得過一萬句平常話」說也不為過，值得我們百倍珍惜。

【例句】每當我在秋天來到河邊，看到銀杏葉紛紛落下，地面上一片金黃的樣子，都會想起杜甫「無邊落木蕭蕭下，不盡長江滾滾來」的不朽名句。

詩詞金句今譯時析

編輯委員會	鄭偉鳴　呂子德　周偉馳
撰述	周偉馳
責任編輯	黃為國
平面設計	方子聰

出版	耀中出版社
地址	香港九龍新蒲崗大有街一號勤達中心 16 樓
電話	852-39239711
傳真	852-26351607
網址	www.llce.com.hk
電郵	contact@llce.com.hk

承印	香港志忠彩印有限公司
書號	ISBN 978-988-78351-7-2
定價	港幣 98 元
第一版	第一次印刷 2018 年 9 月